双葉文庫

あきんど百譚

あかり

佐々木裕一

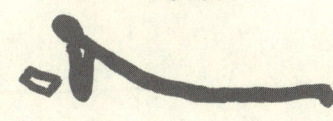

目次

あかり

あきんど百譚

第一譚　秘密

一

「ごめんよ。そこ通るよ」

紺の着物を端折《はしょ》り、股引《ももひき》を穿《は》いて杵《きね》を背負った大柄の若者が、臼《うす》を転がしながら、油売りを囲んで話し込んでいる女たちに声をかけた。

「あら徳兵衛《とくべえ》さん、ちょうどよかった。あとでうちにも寄ってちょうだいな」

「へい。暖簾《のれん》屋のおかみさん、いつもすいやせん」

「徳さん、うちにもお願い」

「へい。桶《おけ》屋のおかみさんですね」

言った徳兵衛が、立ち止まる。

「あれ、桶屋さんは昨日行ったばかりじゃ」

「米つきじゃないわよ、お遊びに誘ったの」

大年増の未亡人に色目を使われて、二十歳になったばかりの徳兵衛は二度見した。

「先を、急ぎますので」

顔を俯《うつむ》けて女たちの間を通り過ぎると、油売りが笑う。

「桶屋のおかみさん、からかっちゃいけませんや。徳の奴、本気にして赤くなってますぜ」

「あら、あたしは本気よ。徳さん、お酒用意して待ってるから」

女たちの楽しげな笑いに混じる桶屋の女将《おかみ》の声に、徳兵衛は背を丸め、困り顔で首を傾《かし》げて歩む。

芝口橋《しばぐちばし》の西詰には、鰻《うなぎ》の辻売り、ところてん売り、枝豆売りに蚊帳《かや》売りなど、暑い季節に商売繁盛の者たちがいる。徳兵衛は、店先にいる買い物客たちの間を縫うように歩き、橋の袂《たもと》を左に曲がると、右手の蔵から荷物を出し入れする人足《にんそく》たちの邪魔をしないように、左側に軒《のき》を連ねる店の前を歩んだ。

一丁目に店を構える味噌問屋の左京《さきよう》屋の裏口に行き、木戸をくぐる。

「米つきでございます」

声をかけて、奉公人が出てくるのを待たずに米蔵の戸を開けて入り、俵《たわら》の前に臼を置いて米をすくって入れると、着物の両肩を脱いで黒の腹掛《はらが》け姿になり、手にぺっと唾を付けて杵を握りしめ、仕事にかかる。

徳兵衛が生業《なりわい》にしている米つき屋の仕事は、臼と杵を持って得意先を廻り、その家の好みで玄米を七分づき、八分づきにする、いわゆる「大道《だいどう》つき」というやつだ。

家族も少なく、一日に食べる米の量が少ない家だと、米屋で必要な分だけ買えばすむが、奉公人を雇っている武家や大店《おおだな》では、そうはいかない。力のある男に米をつかせる家もあるが、なかなか手間がかかる仕事だけに、大道つきという商売が成り立っているのだ。

徳兵衛が廻っている主な客も武家か大店で、米の消費量が多く、玄米を米蔵に蓄えている家ばかりだ。

簡単そうに思えるが、力いっぱい杵を振るえば米が砕けるので、その頃合が難しい。武家や大店だと、一度に扱う米の量が多いので、大変な力仕事だ。

徳兵衛は、薄暗い米蔵で、黙々と杵を振るった。

玄米が白米に変わってきた頃合に、手に取ってつき具合を確かめていると、戸口からの日光が遮られた。

「おせんちゃん、どいてくれ、暗くて見えねえや」

徳兵衛は下女中《しもじょちゅう》のおせんが来たのだと思い、顔を見もせずに言ったのだが、すまん、という返事の声はおせんではなかった。

しわがれた声に顔を上げた徳兵衛が、頬被《ほおかぶ》りを取り、挨拶をして頭を下げた。

「旦那様、こりゃどうも、すいやせん」

「徳」

「へい」

顔を上げると、あるじの甚左衛門《じんざえもん》は、神妙な顔をしている。こんな甚左衛門の顔を見るのは、久々だ。

「今日は、先代の命日だな」

「へい」

「あれから三年か。昨日のことのように思える」

「そうおっしゃっていただけると、親父も喜んでおりましょう」

うん、と頷いた甚左衛門が、ため息を吐く。

「先代が亡くなってからというもの、これの相手になる者がおらんでな。まったく、寂しいかぎりだ」

碁石《ごいし》を打つ真似をして言う甚左衛門と徳兵衛の父親は、幼馴染で碁敵《ごがたき》。住まいが近いので、二人は暇さえあれば、囲碁を楽しんでいた。

「あっしがお相手できればよろしいのですが、そっちのほうはからっきしでして」

「改めて言わなくても知っているよ」

不服そうに言う甚左衛門が、袖袋から白い紙の包みを出し、徳兵衛に握らせた。

「線香代だ」

納めてくれと言う甚左衛門だが、今年はいつもより重い気がする。ずしりとした重みからすると、二両、いや、三両は入っているだろう。

「旦那様、こいつは頂戴し過ぎです」

「ばか、遠慮する奴があるか」

「いや、しかし」

「いいから、取っといてくれ」

言った甚左衛門が、辺りを見回して、一歩近づいた。

「それよりな、徳。お前昨日、仙太郎《せんたろう》と遊んだのか」

「ええ、魚釣りをして、そのあと一杯やりましたが」

「なんだ、嘘じゃなかったのか」

ぼそりと言う甚左衛門。

徳兵衛が問う顔を向けると、甚左衛門が背を返して蔵の戸を閉め、手招きした。

徳兵衛が近寄ると、甚左衛門が言う。

「仙太郎のやつ、近頃ふらりと出かけることが多いから、何処をほっつき歩いているのかと問い詰めたら、お前と一緒だったと言うものだからな」

「昨日は確かに一緒でしたが、そんなに遊び歩いていらっしゃるんで？」

徳兵衛は、甚左衛門に探るような目を向けられて、片眉を上げた。

「なんです？」

「何か隠しちゃいねえか」

「はっ？　隠すって何をです」

「お前、廻船《かいせん》問屋の矢島《やじま》屋を知っているな」

「矢島屋……」

徳兵衛が顎《あご》に手を当てて考えると、甚左衛門が覗き込むようにする。

「三十間堀《さんじっけんぼり》の？」

「そうだ」

「知ってますよ」

「では、そこの娘のことは」

「娘さん……。ああ、あの——」

言い終えぬうちに、徳兵衛は両肩を摑まれた。

「どんな娘だ」

「どんなとは？」

「評判はどうだ。器量よしか」

「さあ。お雪《ゆき》さんという娘さんがいることしか知りませんね」

「やっぱり、お前もそうか」

「やっぱりって、なんです？」

「誰に聞いても、わたしの知っている者は、みんなそう言うんだ」

「そいつは仕方ないですよ。あそこの娘さんは、滅多に人前に出ないらしいですから。でも旦那様、矢島屋の娘さんがどうしたんです」

訊くと、甚左衛門は少し躊躇《ためら》いながら言う。

「仙太郎のやつが、どうやら、その娘に懸想《けそう》しているんじゃないかと思う」

「えっ？」

「倅《せがれ》から、何か訊いてないか」

「いいえ」

「昨日の倅の様子はどうだった」

訊かれて、徳兵衛は考えた。言われてみれば、昨日の仙太郎は一日中うわの空で、せっかく釣った鯉をうっかり逃がしていた。酒を呑む時も、一口含んではため息を吐き、飯もろくに食わなかった。

「そういえば、変でした。いつもはどんぶり飯三杯食うのに、昨日は一杯の飯を残していたな」

「うちでもそうだ。おせんは、病《やまい》じゃないかと心配したが、女房のやつは、恋《こい》煩《わずら》いだと言ってやきもきしてね、機嫌が悪いんだよ」

「ははあ、そりゃ大変だ。でも、おかみさんはどうして機嫌が悪いのです。あの奥手の仙太郎さんに好きな娘ができたんなら、めでたいことじゃないですか」

「それが良くない」

「どうしてです？」

「矢島屋の娘のことは、仙太郎の口から聞いたことじゃないんだ」

「ええ」

「正直に言えばいいものを、訊いても違うと言い張る。親に言うのが恥ずかしいのかね」

「さあ」

「お前なら何か知っていると思ったが、親友にも話していないんじゃ、親に言うわけはないか」

「本当に、懸想しているので？」

「それは間違いない。伊平《いへえ》が見たからな」

　奉公人の伊平に、仙太郎を尾行させたことがあるという。

「そんなことをなさったんですか」

「様子がおかしいので、悪いことにでも巻き込まれているんじゃないかと思ったんだ」

「間違いないので？」

「何が」

「伊平さんが言ったことですよ」

「間違いない。仙太郎は、矢島屋に入っていく娘のことを、通りから見ていたらしい」

「たまたま見かけて、そうしたんじゃ」

「半刻も同じ場所に立って、娘が帰ってくるのを待っていることが、たまたまと言えるか」

そんなに長い間、と、徳兵衛は驚き、腕組みをして考えた。

「そいつは、尋常じゃないですね。そうとうやられてます」

「そうだろう」

「でも伊平さんは、その人が娘さんだと、よく分かりましたね」

「仙太郎が去った後、通りで商売をしていた者に尋ねたらしい。伊平にしては気の利《き》いたまねをしたものだが、残念なことに肝心の顔を見ていないと言うんだ」

言った甚左衛門が、丸い鼻を近づけるので、徳兵衛はのけ反った。

「そこでな、お前に頼みがある」

「嫌ですよ」

「まだ何も言ってないうちに断るやつがあるか」

「聞かなくても分かります。どうせ、矢島屋の娘さんのことを仙太郎さんから聞き出せって、おっしゃるんでしょう」

「そうではない。矢島屋の娘のことを調べてくれ」

「えぇ」

徳兵衛は、そっちのほうが嫌だと、顔をしかめた。

「お前、倅とは親友だよな。その親友が好いた相手がどんな女か、知りたいだろう」

「別に」

「はあぁ、冷たい」

甚左衛門が呆れたように言い、首を振る。

「そんなおっしゃりようをされても、嫌です。本人に訊けと言われるならまだしも、娘さんのほうのことをこそこそ探るなんて」

「それじゃ、仙太郎本人に確かめてくれ」

「ううん」

「なんだい。どっちも嫌なんじゃないか」

「親にも言えない理由があると思うと、訊いちゃ悪いような気がして」

「親だからこそ言えないこともある。特に、都合が悪いことはな」

「例えば、なんです」

「そうだな、好いた女が人のものだったり、色を売る女だったりした場合だ」

父親から、甚左衛門の若かりし頃の武勇伝を聞いていた徳兵衛が、自分のことを言ってるよこの人は、と突っ込みたいのを堪《こら》えてにやけると、甚左衛門が咳払いをした。

「お前たちは兄弟も同然なんだから、遠慮はいらん。ずばりと訊いてみてくれ」

「何を、知りたいのです」

「決まっているだろう、娘の評判だ。悪い噂があるような娘では、女房が許すわけがないからな。仙太郎が誰にも言わないのは、何か事情があるからに違いないんだ」

「なるほど。そういうことでしたら、仙太郎さんに訊いても駄目ですね。他人《ひと》のことを悪く言わないから、好いた女のことなら、なおのことですよ」

「噂でいいんだ。調べてくれ。な、このとおり」

日頃世話になっている甚左衛門に手を合わせられては、徳兵衛としては断れない。

「分かりました。仕事仲間に矢島屋へ出入りしている者がいますので、それとなく訊いてみます」

「おお、やってくれるかい」

「噂を仕入れてくるだけですよ」

「できれば娘の器量もな」

「はぁっ？」

「あそうだ。ついでに、矢島屋の評判もな。頼んだぞ」

甚左衛門は、ここぞとばかりに頼むと、断らせぬようにぽんと肩を叩いて、米蔵から出ていった。

ため息で送り出した徳兵衛は、米つきの仕事に戻った。杵で玄米をごりごりとやりながら、仙太郎に直接訊こうかと、ふと思う。しかし、親友なのに、何も言ってくれなかったことに少々腹が立ち、訊くのは癪《しゃく》に障《さわ》る。

水臭い野郎だ、と吐き捨てたものの、言えない深い事情があるのだろうかと心配になる。昨日の様子を頭に浮かべてみれば、思い悩んでいたようだった気もするので、親から頼まれたなどと言って事情を訊けば、かえって悩ませてしまうかもしれない。

「引き受けたはいいが、どうしたものかなあ」

などと独りごちながら杵を振るっていると、様子を見に来たおせんが臼を覗き見て、目を丸くした。

「ちょっと徳さん。なにこれ」

言われて臼を覗いた徳兵衛が、はっとした。米粒が小さくなっていたからだ。

「いけね」

「どうするのよ。こんなに小さくして」

「おれとしたことが、考え事していてついやっちまった。仙太郎のせいだ、まったく」

「何かあったの」

「いや、何も」

「嘘、今、若旦那のせいだと言ったじゃないの」

二人が喧嘩でもしたのではないかと案じるおせんに、手をひらひらとやる。

「そんなんじゃないよ。仙太郎の様子がおかしいから、つい気になっただけさ」

「やっぱり、そうなの」

おせんが赤い頬を上げて笑みを作り、垂れた目を輝かせる。

「おかみさんが、恋煩いだっておっしゃってたの。相手はどんな人かしら」

「がきにはまだ早い話だ」

「ひどい。あたしもう十六よ」

「へえ、十六か」

徳兵衛がおせんに顔を近づけた。

「な、なによ」

「今年の正月に十五になったと喜んでたの、誰だっけ？」

「さ、さあ」

おせんが慌てて顔をそむける。

「まあいいや。これやるから、この米なんとか使ってくれ、頼む」

甘い物好きのおせんにと思い、近くに店を出していた飴売りから求めていた飴の袋を見せると、

「わあ、うれしい」

ぱっと明るい顔をして、任せてちょうだいと言う。

おせんを蔵から送り出し、残りの米つきを済ませた徳兵衛は、臼と杵を米蔵から出すと、一旦家に帰るために裏木戸に向かった。戸を開けた時に、帰ってきた仙太郎と鉢合わせになり、互いに声をかける。

「おう」

「おう、ご苦労さん」

「どうだい、一杯やるか」

徳兵衛が誘うと、仙太郎は暗い顔をした。

「いや、今日はやめておく」

「そうかい」

「ああ、また今度な」

家に入ろうとした仙太郎を呼び留めた。

「お前よ、何かおれに隠していることとねえか」

「隠していること？　何を隠す必要がある」

「いや、ならいいんだ」

「妙な奴だな。はっきり言えよ」

「例えば、好きな女ができたとか」

「そんなの、いないよ」

「そうかい」

「また今度ゆっくり呑もう。それじゃ」

逃げるように家に入る仙太郎の背中を見て、徳兵衛は顎をつまんだ。

「あの慌てようは、やっぱり何か隠してやがるな」

片目を細くして言い、木戸をくぐった。

家に帰った徳兵衛は、甚左衛門からもらった線香代を両親の位牌に供えて、手を合わせた。

母親は、徳兵衛が二歳の時に病に倒れ、あっけなくこの世を去っている。母親に惚れていた父親は、周りが後添《のちぞ》いをもらうように勧めても断り続け、男手ひとつで育ててくれた。

そのためか、仙太郎の母のおくには、幼い徳兵衛を哀れみ、自分を母と思えと言い、何かと面倒をみてくれた。母の顔をおぼろげにも憶えていない徳兵衛は、時には厳しく、時には優しくしてくれたおくにのことを、今も母と慕っている。

そのおくにが、仙太郎のことを心配しているなら、なんとか力になりたいと思う。

両親の位牌に手を合わせた徳兵衛は、仙太郎が良い縁談に恵まれるようにと祈ると、再び出かけた。

二

暮れ時に向かった先は、同業者の七助《しちすけ》の家だ。

芝口橋を渡り、東詰を左に少し行ったところの裏店《うらだな》に、恋女房と住んでいる。

裏店の路地に入ると、七助の女房が長屋の女たちと立ち話をしていた。

「おかつさん、七さんいるかい」

声をかけると、おかつが顔を向け、笑みを浮かべた。

「あら徳兵衛さん。うちの人なら、さっき帰ってきたわよ」

「ちょいと邪魔するよ。これ、土産《みやげ》」

鯵《あじ》の干物を渡すと、おかつがまあ、と言って喜んだ。

「夕ご飯まだなんでしょ。今仕度するから」

「いやいや、すぐ帰るから」

「いいじゃないの。さ、上がって」

おかつは開けっ放しの戸口に行くと、徳兵衛が来たことを七助に告げた。

土間で包丁を使っていた七助が徳兵衛を見て、

「ちょうどいいところに来やがったな、こんちきしょう」

などと口は悪いが、鼻の穴をふくらませて笑みを作る。

「鰻のでけえのが手に入ったんでよう、さばいていたところだ。二人じゃ食いきれねえから、食べていってくれ」

「それじゃ、おれは酒を買ってくる」

「おう、頼む」

徳兵衛は空の徳利《とくり》を借りて近くの酒屋に行き、酒を一升買って戻った。

「おう、すまねえ。こっちでやろうか」

七助に招かれたのは、奥の六畳間だ。おかつが七厘《しちりん》で白焼きをはじめている。

「ここに座りな」

敷物を示されて、徳兵衛は腰を落ち着かせた。

「まずは一杯」

湯呑を渡され、買ってきたばかりの徳利の冷や酒を注がれる。

徳兵衛が酌をしようとしたが、いいってことよと手酌をした七助は、五つ年上で、同業者の自分を弟分だと言って、何かと可愛がってくれる。

湯呑の酒を一気に干した七助が、徳兵衛が呑み終えるのを待って声をかけた。

「で、今日はなんの用だ。銭以外のことならなんでも聞くぜ」

徳兵衛が、分かっているよ、と、笑みで応じ、酌をしながら言った。七助が得意先としている内の一つである矢島屋の名を出した途端、七助は目を細めて上目づかいになり、怪しむような顔をした。

「ははあん、さては、お嬢さんのことだな」

「あれ、なんで分かった」

徳兵衛が驚くと、七助がにやついた。そして、目を瞑《つぶ》って顔をそらし、手をひらひらとやる。

「やめとけ、おめえには無理だ」

「待ってくれ、勘違いだ」

「惚れたんじゃないのか」

「相変わらず早合点《はやがてん》だな、七さんは。どんな人か調べてくれと、人から頼まれたんだよ」

「なんだと、お嬢さんを調べるたあ、どういうこった」

「まあ聞いてくれ」

徳兵衛が、かくかくしかじかと事情を話すと、七助は鼻に皺《しわ》を寄せた。

「なるほど、左京屋さんの頼みじゃ、おめえは断れねぇやな」

「で、どうなんだい。お嬢さんは、どんな人だい」

知らないとは哀れな野郎だ、と七助。自慢げに言う。

「柳腰《やなぎごし》の色白で、江戸でも指折りの美人だ。あんな顔で微笑みかけられたら、世の中の男はみんな惚れちまうんじゃねえか」

「へえ、そうなんだ」

言ったのは、おかつだ。さぞお綺麗なんでしょうね、と言いながら、七厘で焼かれる鰻を箸《はし》で突き刺している。

ごくりと喉を鳴らした七助が、はは、あははは、と笑いで誤魔化すと、おれにとっちゃお前が一番だと言い、機嫌を取った。

それを無視して立ち上がったおかつが、

「徳さん、焼けたわよ」

引きつった笑みで皿を差し出す。

「ど、どうも」

と徳兵衛が恐縮して受けると、七助が横合いから取って食べて、旨いと大声で言った。

「当たり前でしょ。鰻だもの」

息を吐く。

「焼き加減がいい!」

脂でぎとぎとの口で言うものだから、おかつが気持ち悪そうな顔をする。

「これ最高! 旨い!」

「うるさい! あっちいけ!」

そう言うな、いやよ、などと言い合いながらも楽しげな二人に、徳兵衛はため息を吐く。

邪魔しちゃ悪いと思い、出直してこようかと腰を上げると、七助が止めた。

「肝心なことを言ってなかった。まあ座れ、おかつ、もっと焼いてやってくれ」

「あいよ」

夫婦喧嘩は犬も食わぬというが、夫婦の様子に目を細めた徳兵衛は、座りなおした。すると、七助が酒を舐めて、こう切りだした。

「世の中の男がいくら惚れてもな、近づくのは無理だ」

「どういうことで」

「父親よ。客のことを悪くは言いたくないが、大がつくほどの親ばかだ」

七助が言うには、父親の吉四郎《きちしろう》は、娘のお雪が幼い頃は、攫《さら》われる、などと言い、娘を人前に出さないことで有名だったらしい。今年十八になり、年頃になった今では、さすがに外へ出さないことはないのだが、決して一人で歩かせないらしく、通りを挟んだ向かいの店に菓子を買いに行くのも、必ず人を付けるという。

「そいつは、筋金入りだ。娘は滅多に人前に出ないと聞いていたが、父親がそうさせていたのか」

徳兵衛は、顎をつまんで考えた。仙太郎が遠くから見守っていたのは、声をかけようにも近寄れないからだ。飯も喉を通らないほど思い悩んでいた姿を頭に思い浮かべて、なんだか可哀相になってきた。

同時に、これまで女のおの字も口にしなかった仙太郎が惚れた相手がどんなに美しいのか見てみたくなり、徳兵衛は、居住まいを正した。

「七さん、頼みがある」

「なんだい、改まって」

「次の矢島屋の仕事、おれに行かせてくれ」

「はあ⁉」

「無理を言っているのは分かっている。分かったうえで、このとおりだ」

頭を下げると、七助が腕組みをして唸《うな》った。

「矢島屋は大の得意先だ。他の者に行かせたくはないが、可愛い弟分の頼みだ。よし分かった。代わってやるよ」

「ありがてえ」

「ただし、大事な客だ。下手な仕事をしたら承知しねぇぞ」

「分かってるよ。七さんより上手に米をつかないようにするから」

「このやろ」

生意気な、と、頭をぽかりとやられた。

「次は二日後に行くことになっている。ただし、お嬢さんに会えるかどうかは分からねえぞ」

「誰か、頼める奉公人はいないのかい」

「そんなものいるもんか。お嬢さんの顔を拝みたいなんぞと言ってみろ、すぐ追い出されちまう」

「止めるか」

徳兵衛は肩を落とし、酒をあおった。

「いや、行かせてもらうよ」

「そうかい。暮れ六つまでには仕事を済ませるように。つく量は二俵だ」

徳兵衛は頷き、矢島屋の評判を訊いた。

「評判？」

「ああ、大店となりゃ、人使いが荒いだの派手だのといった悪い噂の一つや二つあるもんだが、矢島屋はどうだい」

七助は口をすぼめて息を吸い、首を傾げた。

「まったく聞いたことがねえな。あるとすりゃ、さっき言った親ばかぶりくらいか。まあ、娘を持つ父親なら、みんなそうだと思うが」

「なるほど、家柄はいいようだな。となると、お嬢さんに近寄る男を見る目は、そうとう厳しいな」

「旦那様は勘が鋭いお方だ。間違っても、探りを入れるために代わったことを悟《さと》られるなよ。おれが出入り禁止になっちまうからな」

「気を付ける。恩にきるよ、七さん」

徳兵衛が腰を上げると、七助が怪訝《けげん》な顔をした。

「なんだい、もう帰るのか」

「いや、酒を買ってくる」

そう言うと、七助が徳利を持ってぎょっとした。

「もう半分もねぇぞ。かぁ、相変わらずよく呑むねぇ」

三

二日後——。

矢島屋に入った徳兵衛は、無口な下男《しもおとこ》に案内されて、米蔵ではなく、台所に連れていかれた。

「番頭さん、おいでになりました」

下男が言うと、台所の板の間から下女中たちに指図をしていた恰幅《かっぷく》のいい男が、重い臼と杵を背負う徳兵衛を見るなり、眉間に皺を寄せた。

「随分力持ちだね」

「遠くへ来させていただくときは、いつもこうしているんです」

「七助はどうしたのかね」

「へい、ちょいと夏風邪をひいちまったので、あっしが代わりに参りやした」

「珍しいな。まあいい、急な客で米が足りない。さっさとやってくれ」

「へい」

奉公人たちが忙しく立ち働いている様子からして、かなりの人数分の食事を作るのだろう。徳兵衛は、邪魔にならないように勝手口の外で仕事をしようとしたのだが、折悪しく空に雷光がまたたき、黒い雲が流れてきた。

「中でやりなさい。とにかく急いでくれ」

番頭に言われて、台所の隅で仕事をはじめた徳兵衛であるが、米がつき上がるのを横で待たれては、無駄口をたたく余裕などない。

今日の分を終えても、奉公人たちは客を迎える仕度に大忙しで、声をかけられる雰囲気ではなかった。

親類縁者が集まるのだというのをようやく聞けたのは、二俵の米をつき終えた時だった。

教えてくれたのは、暇そうにしている奉公人だと思い、声をかけた男だ。着物も薄汚れていたので、てっきり船の荷を運ぶ仕事をしているのだと思ったのだが、様子が違う。奉公人たちが、その男に頭を下げるのでまさかと思ったが、やはりその人は、矢島屋のあるじ、吉四郎だった。忙しい時は、身体を鍛えるのも兼ねて人足たちと一緒に荷物を運んでいるらしい。

「まだまだ、若いもんには負けられないからな」

二の腕の盛り上がった筋肉を見せてそう言った吉四郎が、じろりと目を向けた。

「お前さん、いつもの米つき屋と違うな」

中年の渋い顔つきは、先ほどまでとは違った、近寄りがたい雰囲気となった。奉公人と間違えたのは、吉四郎があるじとしての貫禄《かんろく》を消して、見知らぬ徳兵衛に近づいていたからだ。

探るような目を向けられて、徳兵衛は、矢島屋の旦那は勘が鋭い、と言った七助の声が脳裏《のうり》をかすめて一閃《いっせん》し、緊張した。途端に、額から汗が流れ落ちる。

「七助さんが、風邪をひいたものですから」

手ぬぐいで汗を拭きながら言うと、吉四郎が頷いた。

「そうかい。そいつはいけねぇな」

言うなり真顔になり、徳兵衛に近づいて、いきなり両腕を摑んだ。腹掛け一枚でいる徳兵衛の肩を握り、叩き、ほおう、と言って離れ、頭のてっぺんから足のつま先まで見下ろした。

「お前さん、良い身体をしているな。どうだい、米つき屋を辞めて、うちで働いてみないか」

荷を運ぶ仕事に誘われて、徳兵衛はほっとした。娘のことを探りに来たとは、思っていないようだ。

「どうだい。給金ははずむぜ」

「せっかくですが、あっしは、死んだ親父から継いだこの仕事を辞める気はございませんので」

「親父さん、亡くなったのかい」

「三年前に」

「おっ母《か》さんは」

「いません」

「そうかい。そいつはよけいなことを言ったな」

「いえ……」

「しかし残念だ。お前さんのような体躯《たいく》の持ち主は滅多にいねえ。米つき屋も大事だろうが、この先気が変わったら、いつでも来てくれ」

大店のあるじとは思えぬ言葉遣いなのは、気性が荒い船乗りや人足を相手にしているからだろう。

「怒らせたら怖そうだな」

徳兵衛は顔をそむけて、ついつい声に出す。

「何か言ったか」

地獄耳の吉四郎が言うので、慌てて否定した。

「旦那様、そろそろお支度を」

番頭が来て声をかけると、吉四郎はおう、と応じて、奥へ行った。その時、お雪がどうのと言う声が聞こえたのだが、内容が聞き取れない。

徳兵衛は通りかかった年増の女中に声をかけて、祝事《いわいごと》かと訊いた。

「さあ、急なことですから、あたしたちも知らないのよ」

「そうですか」

「それより、旦那様のお誘いを断るなんて、もったいない」

「というと？」

「雇ってくれと言う人は大勢いるのに、滅多に雇わないんだから。お兄さんみたいに立派な体軀をした人が欲しいって、前からおっしゃってたの。ほんと、惜しいことしたわね」

女中は思わせぶりな笑みで言い、仕事に戻った。

頭を下げた徳兵衛は、他の者に訊きたいと思って見回したが、皆忙しくしていて近づけない。しつこくすると怪しまれるので、仕方なく諦め、その場から退散した。

「そいつは、縁談かもな」

七助に言われて、徳兵衛は、酒が入った湯呑を口に運びかけた手を止めた。

「やっぱり、七さんもそう思うかい」

おかつが出してくれためざしをかじっていた七助が、ああ、と言って頷く。

「親類縁者が集まるんだろ。他になんの用がある」

「でもよう、急なことだぞ。縁談なら、前もって話があるはずだ。奉公人たちも、知らないはずないだろう」

「そんなの分かるもんか。おせっかい好きの親戚が、いつまでも娘を大事にし過ぎる旦那様に業を煮やして、出しゃばってきたのかもしれねぇぞ」

「そうか……」

仙太郎が知れば悲しむと思った徳兵衛は、ため息を吐く。湯呑の酒をちびりと舐めていると、七助が訊いた。

「それより、お嬢さんの顔は拝めたのかい」

黙って首を横に振ると、七助が、あらら、と哀れんだ。

「そいつは、骨折り損だったな」

「縁談でなきゃ、いいな」

「みろよ、おかつ。こいつ、まるで自分のことのように落ち込んでやがる」

「そこが徳兵衛さんのいいところじゃないのさ」

土間からおかつが言うと、七助が笑った。

「まあな。おい、徳、心配するな。縁談なんざ、まとまりやしねえよ」

「そんなこと、なんで分かるんだよう」

「決まってら。旦那様は、親類縁者がもってくる縁談を全部断っていなさるからよ」

徳兵衛が、目を丸くした。

「そりゃ、どうしてだい？」

「嫌いなのさ、偉そうにする親戚の連中が」

「そうだろうか。なんだか、機嫌が良さそうだったが」

「力仕事をしなさった後だからだろうよ。いつものことだ。それよりおめえ、今でもお嬢さんの顔を拝みたいと思っているか」

「まあ、そうだな、うん」

「うひひ、おめえも男だね」

「そんなんじゃない。仙太郎が好いた相手が気になるだけだ。それに、左京屋の旦那様から、顔を見てこいとも言われているんだ」

「分かった、分かった。そういうことにしておこう」

「なんだよ、それ」

「可愛い徳さんのために、いいこと教えてやる。明日の朝、店の前で待ってな。そしたら、お嬢さんが出てくるから」

「どういうことだい？」

「五のつく日には、小唄の稽古に通っていなさるんだよ」

「なんだい、外に出ているんじゃないかよう」

「そう怒るな。おれだって今日の今日、知ったことだ」

「ええ？」

「長年通っていても、知らないこともあらぁな」

女房のおかつが、行きつけの八百屋で聞いた話らしく、実は七助、矢島屋の娘のことは、ほとんど知らなかったのだという。

「おめえも見て分かっただろう。矢島屋の奉公人たちは、なにも今日に限って忙しくしているんじゃねえ。おれが行く時分の台所は、夕餉《ゆうげ》の仕度で大忙しよ」

下男と話すか、代金を受け取る時に女中と少し話す程度で、娘を見ることも滅多になく、あるじの吉四郎に声をかけられることなど、年に一度あるかないかだという。

「そうだったのかい」

「まあ、目で見るほうが早いと思ったんで、代わってやったというわけさ。あそこの連中はみんな働き者だ。左京屋さんが心配するような悪い家じゃねえからよ、仙太郎坊っちゃんが好いているなら、おめえが仲を取り持ってやったらどうだ」

「はっ！　おれが？」

「おうよ。明日行って、お嬢さんの付人か誰かに、縁談があるのか訊いてみろ。違ったら、逢わせたい男がいると言ってやんな。そうだ、仙太郎坊っちゃんに文《ふみ》を書かせるのもいいな」

「待った、待った。いきなり訊いて、教えてもらえるわけないだろう」

「そんなの、やってみなきゃ分かるめぇ」

「でも、うまいくとは――」

そう言って顔を上げた徳兵衛は、顔をしかめた。

「なんでえ、寝てるのかよ」

七助の目がとろんとしている。寝ちゃいないと言ったが、すぐに白目になった。

「はいはい、もうおしまいよ」

おかつが気付いて、湯呑を取り上げようとすると、

「あ、まだ呑んでるぞ。おれは酔っちゃいねえよ。うははは」

笑って誤魔化し、湯呑の酒を干すと、徳兵衛に酌をしろと差し出す。そして、しゃきっとした口調で言う。

「いいか、徳兵衛。明日は、友のために行け。でよ、お嬢さんの顔をしっかり拝んでこいってんだ。ぶったまげるからよう」

「へいへい」

「あそうだ。お嬢さんは、なんつったか、あれだ、あれ」

七助は目を細めて何かを思い出そうとしているが、いっこうに言葉が出てこない。

「櫛《くし》かい、簪《かんざし》かい」

おかつが、目印のことを言おうとしているのだろうと促《うなが》したが、七助は結局思い出せなかった。

「帯のところに、こんなの付けるのなんていうんだ」

腹の前で、両手で丸を作って見せている。

「帯留めかい」

おかつが言うと、指差した。

「それよ、それ。高そうなの付けてらっしゃるから、一発で分かるぜ」

「そんなの見なくても、お嬢さんは良い着物を着てらっしゃるんだから、間違えないわよ。ねえ、徳兵衛さん」

「ええ、まあ」

「それもそうだな。うははは」

七助は楽しげに笑い、大あくびをした。

四

翌朝、矢島屋に足を向けた徳兵衛は、河岸の柳の木の下にしゃがんだ。

通りに背を向けて、堀を行き交う荷舟を眺める。他の廻船問屋では、岸に着けた荷舟から荷を下ろす作業がはじまっており、威勢のいい声をあげて、人足たちが働いている。

おれには、米つき屋がむいているな――。

重そうな荷物を運ぶ姿を見て、徳兵衛はそう思う。臼や俵のほうが重いのだが、汗と埃にまみれて働く人足のほうが、厳しい仕事に見えるのだ。

その一方で、威勢のいい声をかけあう人足たちの顔は生き生きとしていて、独り米蔵で寡黙に作業をする米つき屋の仕事に比べ、楽しそうに映るのも確かだ。

うちに来てみないか、という吉四郎の顔が頭に浮かんだが、いけねえいけねえ、と、頭を振って消した。

「行って参ります」

女の声に振り向くと、矢島屋の裏手に入る路地から、供を従えた娘が出てくるところだった。路地では、家の者が見送っている。

おかつが言ったとおり、水色がぱっと冴えた上等な小袖を着た女は、大店のお嬢様だというのがすぐに分かる。七助が言っていたとおりの柳腰で、色白。顎がすっと細い小顔は思っていた以上の美人で、

「なるほど、仙太郎が惚れるのも無理ないや」

思わず独りごちた徳兵衛は、なんだか嬉しくなり、自然に口元が緩《ゆる》んだ。

七助の言うように、縁談があるのか確かめてみなければ——。

と思い、勇気を出して声をかけようと、立ち上がった。しかし、徳兵衛は一歩も動けなくなった。付人に訊くつもりで目を向けた途端、雷にでも打たれたように、身体中が痺れたのだ。

付人の女は、矢島屋の娘ほどではないが、おっとりとした顔つきがなんとも可愛らしく、桜色の小さな唇が、徳兵衛の鼓動を激しくする。

仙太郎のために、声をかけて訊かねばと思っても、どうしても足が動かなかった。緊張で息が苦しくなり、柳の木にもたれかかったのだが、手がつるりと滑り、慌てて柳の枝を摑んだものの、細い枝がちぎれてしまい、そのまま転倒した。

「おいおい兄さん、大丈夫かい」

通りかかった駕籠屋が止まり、起こしてくれたのだが、矢島屋の娘と付人が振り向いていたのに気付き、徳兵衛は慌てた。

「だ、大丈夫、大丈夫」

背を向けて立ち上がり、肩や胸をぱんと叩いて土を払うと、ちらりと女たちを見た。

既に二人の姿はない。

「しまった」

小唄の稽古場の行き先を知らない徳兵衛は、慌てて辺りを捜したのだが見つけられず、肩を落として帰った。

長屋に戻ると、隣の女房が顔を出し、外に出てきた。

「お帰り、徳兵衛さん、左京屋さんからお遣いが来たわよ」

「左京屋さんから？」

「ええ、旦那様がすぐ来てほしいそうよ。伝えたからね」

隣の女房はそう言うと、小走りで井戸端に行く。

どうしようか迷ったが、今分かっていることを報せねばと思い、徳兵衛は背を返して左京屋に足を向けた。

「徳兵衛でございます」

いつものように裏口から入ると、洗い物をしていたおせんが手を休めて駆け寄った。

「旦那様がお待ちかねよ。居間にいらっしゃるから、裏庭からどうぞ」

「あいよ」

笑顔で応じた徳兵衛は、外井戸の周りを通って裏庭に回った。あるじがくつろぐ居間に面した庭には、小さな浅い池があり、紫や青の菖蒲《しょうぶ》が咲いている。せっかくの花を見る余裕などない徳兵衛は、敷き詰められた小石を乱さぬように飛石を踏み越えて、居間に近づいた。

「ごめんください。徳兵衛です」

声をかけると、読み物をしていた甚左衛門が庭に顔を向けた。

「徳兵衛、来たか。上がりなさい」

「いえ、あっしはここで」

濡れ縁に腰かけようとしたが、

「いいから、上がれ」

手招きされたので、徳兵衛は、へい、と頭を下げ、手ぬぐいで足の汚れを拭き、膝を立てて濡れ縁に上がると、そこで正座した。

「遠慮せず側《そば》に来い」

「へい」

畳を汚さぬように膝行《しっこう》すると、甚左衛門が饅頭《まんじゅう》を載せた皿を差し出した。

「酒がいいか」

「いえ、まだ仕事がありますので」

「そうか」

甚左衛門は一つ咳をして、顔を上げる。

「で、どうだい、例の件、何か分かったかい」

「ええ、分かりました」

「美人か」

一番初めにそれを訊くので徳兵衛は呆れたが、同時に、付人の女の顔が目の前に浮かび、ぽぉっと顔が熱くなる。

「徳兵衛、おい徳兵衛！」

呼ばれて正気に戻ると、甚左衛門が片眉を上げて、腕組みをした。

「その顔だと、そうとうな美人のようだな」

「ええ、そりゃもう」

徳兵衛の頭の中にあるのは、娘のお雪ではなく、付人のほうである。

「そうかい、そんなに美人か」

「ええ、そりゃもう」

「で、評判はどうだい。良いのか、悪いのか」

「ええ、そりゃもう」

「悪いのか！」

「ええ？」

何が、という顔を向けると、甚左衛門が、かぁ、駄目だ、という顔で首を振る。

「なにをぼぉっとしている。徳兵衛、さてはお前も娘に惚れたな」

「いや、そんなことは」

「嘘を言うな。顔に書いてあるぞ」

徳兵衛が慌てて顔を拭くのを見て、甚左衛門がやっぱりそうかと、大笑いをした。

「いや、あっしのは――」

違うと言いかけた時、襖が激しく開け放たれた。小柄な仙太郎が、中高《なかだか》の顔をまっかにして歩み寄り、徳兵衛の前垂れを摑んだ。

「おい、どういうことだ、徳兵衛。お前、お雪ちゃんに惚れたのか。そうなのか」

どうやら、仙太郎は盗み聞きをしていたようだ。甚左衛門がからかうのを本気にしたらしく、酷い剣幕で押し倒された。

徳兵衛は、違う、誤解だと言い、腹に跨《また》がる仙太郎に首を振ったが、殴られた。

「痛！　なにしやがる！」

「うるさい！　おれに黙ってこそこそ調べるなんて、どういう料簡《りょうけん》だ。しかも、おれの気持ちを知っていながら好きになるなんて、酷いじゃないか」

胸を押さえつけてもう一発殴ろうとしたので、徳兵衛は両手で顔をかばった。

「待て、待て、誤解だ。おれが気になるのは、お嬢さんじゃねえ」

「違うのか」

「違う」

「じゃあ、誰が気になるんだ」

「おれのことなんかどうでもいい。でも信じてくれ、お嬢さんじゃない」

すると、徳兵衛の胸にかかっていた力がすっと抜けた。

おそるおそる手をのけると、仙太郎が、しまったという顔で大口を開け、手で塞いだ。

「ごめん。ごめんよ、徳兵衛」

殴ってしまってどうしようと、うろたえている。

「いいから、どいてくれ」

不機嫌に言うと、仙太郎が慌てて腹から下りた。

起き上がった徳兵衛が、頬を押さえて顔をゆがめる。

「ごめん。悪かったよ」

「いいよ、もう。それよりおめえ今、お雪ちゃんなどと馴れ馴れしく言ったが、親しい仲なのか」

徳兵衛が訊くと、仙太郎は口籠もった。

「お前まさか、お嬢さんに付きまとっているんじゃないだろうな」

甚左衛門が厳しい口調で問うと、仙太郎が頭を振る。

「そんなことしませんよ」

そう言うと、まっすぐな目で甚左衛門を見た。

「できれば、一緒になりたいと思っています」

甚左衛門は驚いたが、身を乗り出して訊く。

「いったい、何処で知り合ったんだ」

「愛宕《あたご》神社の縁日です」

仙太郎が言うには、縁日の見物に出かけた日に、大勢の客が行き交う中でお雪が人とぶつかり、簪を落としたのを偶然見かけて、その簪を仙太郎が拾ったことがきっかけで、知り合いになったという。

偶然はそれだけではなく、仙太郎が親の遣いで内山町《うちやまちょう》に住む彼の大叔父、伝《でん》右衛《え》門《もん》の家に行った帰りに、母のために饅頭を買いに立ち寄っていた芝口橋の東詰にある、蒸し饅頭が自慢のやまだ屋で、同じく饅頭を買いに来たお雪に再会した。二人はそこで初めて会話らしい会話をして、以来、お雪が小唄の稽古に行く日は、時々会っているという。

「それなら、なんでこそこそする」

「そ、それは、お雪ちゃんがどう思っているかも分かりませんし」

「まだはっきりしないから、黙っていたのか」

「…………」

「お前は、何も分かっておらんな。縁談というのは、家と家が繋がることだ。好きなら好きで正直に言えば、親としても動きようがあるだろう」

「そ、それは、分かっていますが……」

俯いて言葉を失う仙太郎を、甚左衛門が問い質《ただ》す。

「親にも言えないことがあるのか。どうなんだい」

「やっぱり、あれは本当か」

徳兵衛が言うと、親子が顔を向けた。

「なんのことだい」

二人が同時に声を発するので、徳兵衛は交互に見て、縁談のことを話した。すると、甚左衛門が目を丸くして息子にそうなのかと訊き、仙太郎は仙太郎で、どういうことかと、徳兵衛に迫った。

「いや、夕べな、親類縁者が矢島屋に集まっていたからよ、出入りしている者に訊いたら、縁談じゃねえかって言うんだ。それで、今朝お嬢さんに直接訊こうと思って出かけてみたんだが、結局、訊けなくてよ」

「なんだい。脅かすなよ」

仙太郎が安堵の息を吐くので、

「違うのか？」

と、徳兵衛が訊く。

「ああ、お雪ちゃんの従兄弟《いとこ》が、どっかの娘を孕《はら》ませたというんで、本家に集まって相談があったらしい」

矢島屋は、三代続く家柄で、一族の本家ということだ。

「しかし、奉公人は急な話だと言っていたぜ」

「祝言《しゅうげん》の日取りのことじゃないかと思う」

仙太郎が言うと、甚左衛門が付け足した。

「早くしないと、世間様の目があるからな」

「腹が大きくなる前に済ませようってことか」

徳兵衛は、首を傾げて腕組みをした。

「子宝に恵まれたっていうのに、世間体《せけんてい》ってもんを気にするかね」

「当然だ。商売をしている者は、世間体を大事にするものだ」

甚左衛門が言い、仙太郎に顔を向ける。

「いくら好きとはいえ、お前は間違っても、祝言の前にそのようなことをするなよ」

仙太郎がぎょっとした。

「まさか、しませんよ、そんなこと」

「徳兵衛。矢島屋の家に、悪い噂はないな」

「はい、一切ありません」

「うむ。では、仙太郎、おっ母さんが良いと言えば、矢島屋さんとの縁談話を進めよう。それで、いいな」

仙太郎が不安そうな顔をした。

「どうした、嫌なのか」

「実は、一つ問題が」

「問題？　なんだ、厄介なことか」

「お雪ちゃんは、その、一人娘でして」

甚左衛門が、ああ、と息を吐き、膝を叩いた。

「どうしてそれを先に言わないんだ」

「言えば、会うのを反対されると思いまして」

「当然だ。大事な跡取り娘を嫁に出すわけがない」

怒る甚左衛門を、徳兵衛がまあまあ、と言って止めた。

「そう決めつけるのはどうかと思いますよ」

「決めつけるもなにも、そうに決まっている」

「いっぺん、確かめてみたらどうです。この左京屋と言えば、江戸でも名が知れた老舗《しにせ》。嫁に出すと言うかもしれませんよ」

名が知れた老舗と言われて、甚左衛門がまんざらでもない顔をする。

「そ、そうか」

「ええ、そうですとも。それに、矢島屋さんはまだお若いですから、生まれた孫を跡取りに、という約束をすれば、望みはもてます。孫を跡継ぎにするのは、よくある話ですし」

「なるほど、それもそうだ。よし、では、内山町の叔父に頼むか。あの人は、口だけは上手いからな」

「おかみさんのお許しはよろしいので」

徳兵衛が気にすると、甚左衛門がそうだったと、頭をかいた。

「それはな、わたしより仙太郎、やはりお前の口から言いなさい。お前が頼めば、きっと許してくれる」

「はい、分かりました」

仙太郎が頷くと、甚左衛門は今すぐ行けと、促した。

仙太郎は、待っていてくれと徳兵衛に言い、甚左衛門と二人で、母の説得に行った。

半刻ほどして戻った仙太郎の顔を見れば、言わずとも、うまくいったことが分かる。

「許してくれたよ」

「そいつは良かったな、きっとうまくいくぜ」

「うん」

幸せそうな顔をする仙太郎を見て、徳兵衛は嬉しくなった。

「まったく、羨《うらや》ましいぜ」

と言った時の徳兵衛の頭の中には、付人の女の顔が浮かんでいる。

想い人のことが頭に浮かぶと、人というものは表情が穏やかになるのか、徳兵衛を見た仙太郎が、膝を転じて訊いた。

「やっぱりお前、お雪ちゃんに惚れたな」

徳兵衛は慌てて、違う違う、と手をひらひらとやった。

「嘘を言うな。そんな顔をしているぞ、お雪ちゃんを見て、惚れたんじゃないのか」

「だから違うって。おれが気になるのは、お嬢さんと一緒にいた人だ」

「ああ！ お幸《さち》ちゃんか」

「おさち、顔にぴったりの、いい名だなぁ」

遠くを見る目で、うっとりとする徳兵衛を見て、仙太郎は安堵した。

「二人して矢島屋さんのところの者に惚れるとは、まったく」

似た者同士だな、と、甚左衛門が呆れて、首を横に振る。

「徳兵衛、お幸ちゃんのことがそんなに気になるなら、今度紹介するよ」

仙太郎がそう言うと、徳兵衛は目を丸くした。

「ほんとか」

「ああ」

「おい、仙太郎。縁談話がまとまらないうちは、あまり会わないほうがいい。うまくまとまるとは限らないんだからな」

甚左衛門に言われて、仙太郎が暗い顔をする。

「分かっています。でも、徳兵衛のためですから、一回だけ」

「まあ、それなら仕方ない。本当に、一回だけにしておけよ」

「はい」

「徳兵衛、しっかりな」

甚左衛門がにやりとするので、徳兵衛は笑みを浮かべて、頷いた。

「次の十五日だ。いいな、徳兵衛」

「十日後か。もっと先でもいいんだが」

「ばか、十日もあるんだぞ。それに、こういうことは、早いほうがいい」

張り切る仙太郎に、徳兵衛は鼻に皺を寄せる。

「よく言うぜ、今まで黙っていたくせに」

仙太郎はそっぽを向いて、聞かぬふりをした。すぐに目筋を戻すと、そんなことより、と誤魔化し、顔を近づけて言う。

「ちゃんと男を磨いとけよ。無精髭は禁物だ」

「わ、分かってるよ」

徳兵衛は、ざらりとした顎を撫《な》でて、着物の匂いを嗅いだ。

「と、いうことですので、ここはひとつ、仙太郎のために、頼まれていただけませんか」

甚左衛門が頭を下げるのを、内山町に住む叔父の伝右衛門は困った顔で見て、頭に手を当てて考える顔をした。

「そうよな、そうか、ううむ」

伝右衛門は口の中でぶつぶつと言い、茶台の湯呑を取って一口含むと、茶台に戻し、そのまま動かなくなった。湯呑を持ったまま下を向き、考えている。

その様子を見ていた伝右衛門の女房のおそねが、甚左衛門を見て笑い、夫に言う。

「あなた、可愛い甥《おい》が手土産まで持って頭を下げてきたのですから、受けておあげなさいな」

すると、皺だらけの顔を上げた伝右衛門が、女房に言う。

「お前は知らんから、簡単に言えるのだ。矢島屋の吉四郎と言えばな、そりゃもう大変な子煩悩だ。特に、お内儀を亡くしてからの娘の可愛がりようは、尋常ではない。年頃になった今では、虫がつくと言って、一人で家から出さないそうだ。そんな娘を、そう簡単に嫁に出すとは思えん」

「ですから、先ほど申しましたように――」

甚左衛門が、孫に継がせるという案を繰り返そうとしたのを、伝右衛門が止めた。

「孫がどうの、跡継ぎがこうのという前に、娘と離れること自体が、吉四郎さんには、耐えられることではあるまい。わしが同じ立場でも、嫁には出さん」

「あら、大事な一人娘を嫁に出したじゃありませんか」

新しい茶を取りに立ったおそねに指摘されて、伝右衛門は口をへの字にして首をねじ曲げ、白い目を向けた。

「だから言うておるんじゃ。年寄り二人で、寂しい思いをしているではないか」

「あたしは寂しくなんかありませんよ。孫も遊びに来てくれますし」

「それはそうじゃが、帰ると寂しかろう」

そう聞いただけで孫の顔を思い出したのか、おそねが着物の袖を目に当てて、鼻をすすった。

老夫婦の会話を聞いて、甚左衛門は苦笑いをした。

「娘を嫁に出した叔父さんなら、矢島屋さんを説得できるかと思って来たのですが、今の気持ちを聞いて、考えが甘いことに気付きました。やはり、難しいですね。仙太郎には、よく言って聞かせて、諦めさせます」

すると、おそねがまあ、と言って座りなおした。

「仙ちゃんは、相手のお嬢さんのことを想っていると言ったのでしょう。縁談の話をしもしないで諦めろっていうのは、可哀相よ」

「本人は、一緒になれると思い込んでいるようですので、縁談をもちかけて断られるのも、どうかと」

甚左衛門が言うと、伝右衛門が口をすぼめて、目を丸くした。

「おい、仙太郎と矢島屋の娘は、想い合っているのか」

「先方の気持ちは分かりませんが、時々会っているようなのです」

「よくもまあ、あの親父の目を盗んで逢瀬《おうせ》を重ねるとは、仙太郎も、なかなかにやるな。こりゃひょっとすると、脈があるかもしれんな」

腕組みをして言う伝右衛門をおそねが見て、くすり、と笑う。

「可愛い娘に頼まれたら、否《いや》と言えないのが男親。そうでしょう」

女房に言われて、伝右衛門が口を尖《とが》らせてそっぽを向いた。その顔には、そのとおりだと書いてある。

「若い二人のために、ひと肌脱いでおあげなさいな」

「叔父さん、どうかこのとおり、お願いいたします」

甚左衛門が頭を下げるのをちらりと見て、伝右衛門は腕組みを解いた。

「よし分かった。このわしが、必ずまとめてやる」

「ああ、ありがたい」

「仙太郎のためだ。任せておけ」

「恩にきます。お願いします」

「うむ。おい、仕度だ」

「今から行くのですか」

おそねが驚くと、伝右衛門が眉間に皺を寄せる。

「ばか、酒だ、酒。甚左衛門と二人で前祝《まえいわ》いよ」

「はい、はい、ただいま」

甥に頼られたことが嬉しいのだろう、伝右衛門は上機嫌で酒を呑み、甚左衛門が解放されたのは、翌朝だった。

いろいろと根回しをすると言う伝右衛門は、段取りも全て任せろと言うので、甚左衛門は安心して帰った。

五

仙太郎の縁談話がその後どうなったのか、徳兵衛の耳には入っていない。仙太郎に訊いても、大叔父に任せてあるが、まだなんの報せもないという。

友のことを心配していた徳兵衛であるが、今夜ばかりは、それどころではなかった。明日は十五日。いよいよ、お幸を紹介してもらう日だ。

明日のために早めに寝床に入ったものの、目がぱっちりと冴えて一睡もできない。落ち着きなく起き上がって、掛けている着物を触る。

月明かりに照らされた紺の下地に白の縦縞の着物は、明日のために、貯めていた僅かな金をはたいて手に入れた古着だ。米つき屋に似合わぬ上等な物だが、相手は大店の上女中《かみじょちゅう》だけに、これでも不安である。

「ああ、また緊張してきやがった」

落ち着こうと大きく息をして、枕元に置いている徳利を取ると、酒をがぶ呑みした。

「少しでも寝なきゃ、目の下にくまができちまう」

酒の力を借りようと、一升徳利を空にした徳兵衛である。

が、何か夢を見て、なんとなくぼうっと起き上がってみると、外はすっかり明るくなっていた。

目を見開いた徳兵衛は、

「やっちまった」

下帯《したおび》ひとつで、慌てて外に飛び出した。

朝に全てを整えるつもりで、月代《さかやき》も髭も伸ばしたままだ。手を当ててみて、これではとうてい会いに行けないと思い、徳兵衛は焦った。丁度出てきた隣の女房が、どうしようかとうろうろする徳兵衛に声をかけた。

「徳さんおはよう。どうしたのさ、誰か来るのかい」

「今何時《なんどき》だ？」

「五つになった頃かね」

約束の刻限までにはまだ一刻もある。そこへ、頼んでいた髪結いが来たので、徳兵衛はやっと、落ち着きを取り戻した。

半刻かけて、さっぱり綺麗にしてもらった徳兵衛は、古着をぱりっと着ると、左京屋に仙太郎を迎えに行った。

二人で芝口橋を渡る時に、お雪との縁談のことを訊いてみると、仙太郎は、首を傾げた。

「大叔父は、呑気《のんき》な人だからなあ」

気長に待つしかないのだと言う。

「ふうん」

と言ったきり、徳兵衛は次の言葉が見つからなかった。緊張のあまり、頭が働かないのだ。

そうこうしているうちに、待ち合わせ場所に到着した。その場所は、芝口橋から土橋《どばし》に向かったところの、堀端《ほりばた》に並ぶ蔵の裏。

荷舟が船着場に到着し、人足たちが忙しく働いていたが、荷物を下ろし終えると、嘘のように静かになった。

「へえ、こんなところに目を付けるとは、やるもんだな」

「静かでいいんだ」

堀を行き交う舟が多いため人目はあるのだが、珍しそうに見る者はいないという。

「今日のところは、小唄の稽古に行く前の少しの間だけど、いいよな」

「なんだか、胸が苦しくなってきた。口から心の臓が飛び出そうだ」

「あ、来た、来た」

仙太郎がこっちだと手を挙げたのだが、徳兵衛は振り向くことができなかった。

「仙太郎さん、おはよう」

「仙太郎さん、おはようございます」

綺麗な声だなあ――。

あとの声がお幸に違いなく、徳兵衛は、ちらりと見てみた。

お雪が仙太郎と何か話している。その後ろにいるお幸は、一歩下がったところから、微笑ましい顔で二人を見ていた。

やっぱり、綺麗だ――。

徳兵衛がうっとりとしてお幸を見ていると、目が合った。慌てて堀に目を戻すと、目の前を滑る舟の船頭が、歯が欠けた口でにやりとする。

「徳兵衛」

仙太郎に呼ばれて、徳兵衛は振り向いた。

「そんなところに居ないで、こっちに来いよ」

「あ、ああ」

顔を俯けて歩み寄ると、まずはお雪から声をかけられた。

「徳兵衛さん、おはよう」

思っていたより明るい性格のようで、お雪は遠慮のない様子だ。

「お幸ちゃん、こいつが徳兵衛だ。どうしても話したいと言うので連れてきたんだが、嫌ならはっきり言っておくれよ」

「嫌だなんて」

お幸が手を振り、徳兵衛を見て小さく頷いた。

なんとなく、四人は歩きはじめたが、そのうち、前を仙太郎とお雪が肩を並べて歩み、少し離れて、徳兵衛とお幸が歩んだ。

昨夜は言葉を考えていたのだが、いざとなると、何から話せばいいのかさっぱり分からなくなり、しばらく沈黙したまま歩んでいた。

思いきって、あの、と声をかけると、お幸が、はい、と応じた。

その横顔は可愛らしく、徳兵衛は見とれてしまい、声が出ない。

もじもじしていると、お幸が顔を向けたので、慌てて目筋をそらした。

「あの」

お幸に声をかけられて、徳兵衛は重い口を開く。

「今日は、会えて嬉しかった。すごく」

がちがちになってようやく出た言葉がこれだ。

お幸は驚いたような顔をしたが、くすくすと笑い出す。

「会ったばかりなのに、もう帰るみたい」

「あ、いや、その、間違えた。会えて、すごく嬉しい。こうして話ができるなんて、思ってもいなかったから」

「あたしもです」

思ってもみなかった言葉に、徳兵衛は立ち止まった。

「本当かい」

「ええ、徳兵衛さんのことは、いつも仙太郎さんから聞いていましたから、一度お会いしたいと思っていました」

「仙太郎のやつ、何を言ったんだい」

「いろいろ」

お幸が笑みで言う。

徳兵衛は焦った。自分がお幸のことを想っていることを、言ったのだろうか。

何を聞いているのか確かめようとして、徳兵衛は止めた。前を歩く二人が、先ほどからずっと黙っていることに気付いたからだ。仙太郎は、肩を落とし、うな垂れているように見えた。

「お幸ちゃん、お嬢さんは、仙太郎のことをどう思っているのかな」

そう訊くと、お幸は驚いた顔をして、前の二人に目を向けた。徳兵衛は、その美しい横顔に訊く。

「仙太郎は、お嬢さんのことが好きなんだ。どうしようもなく、好きなんだ。だから、心配なんだ。お嬢さんは、どうなのかな」

　すると、お幸が顔を向けた。澄んだ美しい目に見つめられて、徳兵衛は目をそらした。

「徳兵衛さん」

「はい」

　目筋を戻すと、お幸が嬉しそうな笑みを浮かべる。

「徳兵衛さんは、友達思いなのですね」

「い、いや、そうかな」

「思っていたとおりの人で、良かったわ」

　そう言われて、徳兵衛は照れた。鼻の下が長くなっているだろうが、にやつく顔を止められず、どうにもならない。

「まいったな」

「仙太郎さんのことは、お嬢様も想っているはず。いいえ、そうに決まっているわ。いつもいつも、仙太郎さんのことばかり気にしているもの」

「本当かい」

「ええ」

「良かった。だったら、大丈夫だな」

「何が大丈夫なの？」

うっかり縁談のことを言いかけて、徳兵衛は慌てて言葉を呑み込んだ。

「つまりその、両想いなら、仙太郎も安心するだろうと思って」

「ええ、そうね」

お幸の顔が少し曇ったように見えたのは、気のせいだろうか。

いや、お幸もきっと、お雪の縁談のことを気にしているに違いない。

矢島屋の旦那様は許してくれないだろうか、と訊いてみたくなったが、仙太郎の大叔父が仲人をしようとしているからには、よけいな口を出してはいけないと、思いとどまった。

徳兵衛はいつの間にか考え込んでいたようで、ゆっくり歩いているうちに、お幸と手が触れてしまった。

お幸が驚いたので、徳兵衛が謝ると、彼女は首を横に振った。触れた手を持ち、恥ずかしそうにすると、

「そろそろ、行かないと」

目を合わせないで言う。

徳兵衛は、勇気を振り絞った。

「あの」

「はい」

「また、会ってくれるかい」

お幸は、少し考えて、笑顔で頷いた。

徳兵衛は、天にも昇る気分になり、地に足が着いているのかどうかも、分からなくなった。

お雪の供をして稽古場に行くお幸を見送っていると、仙太郎に肩を叩かれた。

「徳兵衛、今日は仕事は休みなんだろう」

「ああ」

「喉がからからだ、何か飲んでいこうぜ」

仙太郎に誘われて、近くの茶店に入った。冷たい茶を飲み、一息つくと、徳兵衛はお幸のことを思い、自然に笑みがこぼれた。

「ありがとよ。お幸ちゃんと話せて、良かった」

仙太郎が頷き、深刻な顔をして湯呑を置いた。

「なあ、徳兵衛。お前、おれの代わりに、店を継いでくれないか」

「はっ？」

突然の言葉に、徳兵衛は目を丸くした。

「やっぱりおれ、お雪ちゃんと離れられないからよう、矢島屋の婿になることにする。だからお前、左京屋を継いで、お幸ちゃんと夫婦《めおと》になれ」

「ば、ばかなことを言うな。親をなんだと思ってやがる。そりゃあ、おれはお前の双親には可愛がってもらってるよ。でもな、お前の代わりになれるわけないだろう」

「やっぱり、そうだよな」

仙太郎はうな垂れて、ため息を吐いた。

「なんだよ、どうした」

「心配なんだよう。大叔父がうまくやってくれるかどうかが」

「お前らしくもない」

仙太郎が、意外そうな顔を上げた。

「おれらしくないとは、どういうことだよ」

「お前はいつも前を見ているじゃないか。後ろ向きになるなよ」

「でもな、今日のお雪ちゃん、なんだか変だったんだ」

「変だったって、どういうふうに」

「何かを言おうとしていたんだが、どうしても言い出せない感じだった。まさか、親戚が集まったのは、従兄弟のことじゃなかったんじゃないだろうか」

「お雪さんの縁談だって言うのか」

「そうかもしれないぞ。本当に、様子がいつもと変わっていたから」

「しかし、お幸ちゃんは何も言ってなかったぞ」

「奉公人が言うわけないだろう」

「まあ、そうか」

「どうしよう。おれ、どうしたらいい」

「慌てるなって、大叔父さんがなんとかしてくれるよ」

徳兵衛は、仙太郎の肩を抱いて気分を落ち着かせると、店を出て左京屋に送っていった。

その頃、大叔父の伝右衛門は、肩を怒らせて、芝口橋を渡っていた。よそ行きの上等な着物を着ているが、表情は硬く、渋い。

六

家に帰った仙太郎は、徳兵衛と一緒に伝右衛門から話を聞き、悲壮な面持ちで肩を落として廊下にへたりこんだ。

矢島屋のあるじ吉四郎は、伝右衛門から縁談の申し出を最後まで聞き終えると、黙って立ち上がり、断る、と言って、部屋から出たという。

仙太郎の落ち込みように慌てた伝右衛門が、とりつくろうように言った。

「あんな頑固親父の娘など、やめておけ。わしがすぐに、いい嫁を探してやるから、気を落とすな」

黙っている息子に、甚左衛門が言う。

「お前はまだ若い。これから先、良縁に恵まれるはずだ」

「母もそう思いますよ、仙太郎」

大叔父が何を言おうが、両親が励ましの声をかけようが、一言も、仙太郎の耳には届いていないようだ。

仙太郎の様子を心配した甚左衛門は、伝右衛門に訊いた。

「叔父さん、二人は想い合っているかもしれないとは、言わなかったのですか」

「そんなこと、言う間もない。最後まで聞いたというのは、嫁にくれということと、孫を跡取りにすることを勧めたところまでだ。しかしな、どうも、孫を跡取りに、と言ったのがいけなかったのか、急に立ち上がって、断る、の一言で、奥へ引っ込んでしまったのだ。つっけんどんで、取りつく島もない。わしは、数々の縁談をまとめてきたが、あのような態度をされたのは初めてだ。無礼にもほどがある」

「叔父さん、悪うございました。恥をかかせたようで、申しわけありません」

「恥などとは思うておらん。恥ずかしいのは向こうだ。いい大人が、まるで子供だ」

「ごもっとも」

頭を下げる甚左衛門に、伝右衛門が言う。

「いいか、わしがきっと、良い嫁を連れてきてやるから、楽しみにしていろ。仙太郎、分かったな」

「……嫌です」

仙太郎が、ぼそりと言う。

「なんじゃと？」

伝右衛門が、耳に手を当てて訊き返す。

仙太郎と一緒にいた徳兵衛が、おい、やめとけ、と言って袖を引っ張ると、仙太郎は振り払い、立ち上がった。

「わたしは、この家を出ます。出て、婿に入ります」

ああ、言いやがった——。

徳兵衛は顔をしかめた。

伝右衛門と甚左衛門は、驚きのあまり声を失っている。

「せ、仙太郎、何を言うのです」

母のおくにが言うと、伝右衛門が、ばかもの、と怒鳴った。甚左衛門は仙太郎の側に行き、両肩を摑むと、哀れんだ顔をした。

「お前、そこまで惚れているのか」

「はい」

「先方のお嬢さんは、お前のことをどう思っているんだ」

「そ、それは——」

お雪の気持ちを確かめていない仙太郎は、答えられずに俯いた。

「お前の独りよがりなら、お嬢さんにとっては迷惑なことじゃないのか」

仙太郎は、黙り込んでいる。

「迷惑じゃないかもしれませんよ。お嬢さんも仙太郎のことを好いていると、付人が言っていましたから」

徳兵衛が教えると、仙太郎が驚いた顔を向けた。

「本当か」

「ああ」

「嘘じゃないな」

「嘘じゃない。お幸ちゃんがそう言っていたんだ」

仙太郎が、ぱあっと明るい顔になった。

嬉しそうな息子の姿に、甚左衛門が頷く。

「それならば問題ない。仙太郎、相手の親にお前の気持ちをぶつけてこい」

仙太郎が、驚いて甚左衛門を見た。

「いいんですか」

「ああ、いいとも」

甚左衛門が頷くと、伝右衛門が憤慨した。

「おい、何を言い出すんだ。とんでもないことだぞ」

「叔父さん、こいつに行かせてやってください。おくに、仙太郎が自分からぶつかっていって、相手から婿に来なきゃ駄目だと言われたら、許そうじゃないか」

「あなた――」

甚左衛門は、慌てるおくにの手を握り、諭《さと》す。

「おくに、わたしたちはまだ若い。この左京屋は当分、二人で守れる。そのうち孫ができたら、跡取りにすればいい。そうだろう」

「でも……」

「互いに想い合う二人が夫婦になれることなど、わたしたちの頃には滅多になかったことだ。そんな世の中でも、わたしたちは、想い合って一緒になったじゃないか」

「そ、それはそうですけど」

「仙太郎たちも、互いに想い合っているんだ。それを諦めさせるのは、酷というものだよ」

甚左衛門に手を握りしめられて、おくには、ようやく笑みを浮かべた。

「そうですね。あたしとあなたの子ですもの、仕方がないことかもしれませんね」

「仙太郎、おっ母さんの許しが出たぞ、行ってこい！」

甚左衛門に背中を押されて、仙太郎は頷いた。

「徳兵衛、一緒に行ってやってくれ」

甚左衛門に頼まれ、徳兵衛も立ち上がる。

あっけにとられている伝右衛門に頭を下げた仙太郎は、家を飛び出した。

徳兵衛は、その後を追っていく。

二人は行き交う人々の間を縫うように走り、もつれるようにして、矢島屋に飛び込んだ。

「な、なんです、あなた方は」

手代が驚いて大声を出すと、結界《けっかい》（帳場格子）の中でそろばんをはじいていた番頭が出てきた。

「おや、お前さんは確か、米つき屋の」

「ど、どうも、驚かしてすいやせん。番頭さん、旦那様と、お話をしたいのですが」

「なんだい、やぶからぼうに」

「今日の、縁談話の続きをしに、参りました」

唖然とした番頭が、仙太郎を見て、指差した。

「それじゃ、この人が、左京屋さんの」

「仙太郎でございます。お願いします。旦那様に会わせてください」

番頭は躊躇《ためら》ったが、

「わたしになんの用だ」

という声に顔を向ける。

徳兵衛と仙太郎が横を向くと、裏庭に続く土間を、あるじの吉四郎が手代とこちらに歩んできていた。

「なんだ、米つき屋じゃないか。うちで働く気になったのか」

日に焼けた顔に白い歯を見せて笑う吉四郎に、徳兵衛は頭を下げた。

「旦那様、そうではありません。こいつの話を、聞いてやってください」

仙太郎を前に促すと、仙太郎は、吉四郎の前で膝をつき、両手をついて頭を下げた。

「おい、なんのまねだ」

吉四郎が訊くと、番頭が、左京屋の跡取り息子だと教えた。すると、吉四郎が厳しい顔つきになり、仙太郎を見下ろす。

「縁談のことなら、断ったはずだ。帰ってくれ」

「婿に、わたしを婿に入らせてください」

「なんだと！」

吉四郎は目を丸くした。

「冗談じゃない。お前さんは左京屋の大事な跡取り息子だ。そんな者を婿に取ったとなりゃ、世間様がなんと言うか。だいいち、お前さんの親が許すわけはないだろう」

「いいえ、両親は、許してくれました」

「許しただと。それじゃ、左京屋はどうなる」

「それは――」

仙太郎は、自分の子に継がせるとは、言えないようだ。

口籠もる様子を見て、吉四郎が察して言う。

「なるほど、孫を跡取りにする。そういうことだな」

「は、はい」

「冗談じゃない」

吉四郎は怒った。まだ夫婦にもなっていないのに、子供のことをあてにするとはどういう了見だと、声を荒らげる。

「お前さんも一人息子。うちの娘も一人娘だ。二人の間に子が一人しか生まれなかったら、どうする」

「そ、それは……」

考えてもみなかったと、仙太郎はうな垂れた。

「いいか、娘はどこにも出さないし、跡取り息子を婿にする気もない。分かったら、帰ってくれ」

「左京屋の跡取りがいれば、わたしを婿にしていただけますか」

仙太郎は食い下がった。

「しつこいな、お前さんも。親戚を養子に入れるつもりか」

「いえ、この、徳兵衛に跡を継いでもらいます。兄弟のようにしてきた仲ですから、大丈夫です」

すると、吉四郎が徳兵衛を見た。

「そいつは、本当か」

「いえいえいえ」

徳兵衛は、とんでもないと首を振る。

「頼むよ、徳兵衛」

仙太郎に泣きつかれて、徳兵衛は顔をしかめた。

「できるわけないだろ、そんなこと。おじさんとおばさんが許すわけない」

「うわぁ！」

どうにもならないことを知った仙太郎は、地べたに突っ伏した。

ため息を吐いた吉四郎が、仙太郎の横に膝をつき、背中に手を当てた。

「そこまでうちの娘に惚れてくれたのは嬉しいが、こればかりは、どうにもならない。諦めてくれ。このとおりだ」

突っ伏して肩を震わせる仙太郎に、吉四郎は頭を下げた。その行為が信じられないのか、番頭や手代たちが驚き、顔を見合わせている。

そこへ、お雪とお幸が帰ってきた。

「ただいま戻りました」

明るく言ったお雪が、土間にうずくまる二人を見て、口に手を当てた。

「何をされているのです」

驚く二人に顔を上げた吉四郎が、お帰りと言い、仙太郎の腕を掴んで起こした。

「仙太郎さん」

お雪が驚き、徳兵衛に顔を向ける。

「大事な話をしていたところだ。お前たち、奥に行っていなさい」

吉四郎は、仙太郎に立つよう促すと、仙太郎は腕を振り払い、お雪の前に膝行した。

吉四郎がいるのも構わず言う。

「お雪ちゃん、わたしは、お雪ちゃんが好きで好きでたまらないけど、二人が一緒になることを許してもらえなかった。諦めて帰ろうとしたけれど、顔を見たら、やっぱりだめだ。諦めることなどできない。諦められないよ」

「仙太郎さん……」

お雪は、どうしよう、という顔をして、お幸を見て、次に吉四郎を見た。

吉四郎は、驚いてあんぐりと口を開けていたが、側に駆け寄ったお幸が、何事か小声で言い、袖を引っ張ると、正気に戻った。乾いた唇を何度も舐めて、仙太郎の腕を摑んだ。

「ちょっと、待ってくれ。お前さんが惚れているというのは、今お前さんの目の前にいる娘のことか」

「はい。お雪ちゃんです」

吉四郎がお雪を見て、

「お前も、この人のことを想っているのか？」

訊くと、娘はこくりと頷いた。

「うはは、こいつはいい。そういうことだったか」

吉四郎が仙太郎の両肩を摑み、引き離した。そして、すまない、と頭を下げる。

仙太郎が驚いた顔で徳兵衛を見たが、徳兵衛もわけが分からず、首を傾げた。

顔を上げた吉四郎が、仙太郎に言う。

「この娘は、お雪じゃないんだ。上女中の、お幸だ」

「えっ！」

驚く仙太郎に、お雪だと思っていたお幸が頭を下げた。

「ごめんなさい。どうしても、本当のことを言えなかったの」

言おうとしたのだが、矢島屋の娘ではなく上女中と分かれば、仙太郎の心が離れてしまうと思い、できないでいたと言う。

声を失う仙太郎に代わって、徳兵衛が確かめた。

「それじゃ、これまでお雪ちゃんと思っていたのがお幸ちゃんで、お幸ちゃんと思っていたのが、お雪ちゃん」

徳兵衛がお雪とお幸を交互に指差すと、二人は申しわけなさそうに頷いた。

「悪いのは、このわたしだ」

吉四郎が、仙太郎に頭を下げた。

「娘可愛さに、悪い虫がつくのを心配して、小さい頃から、外に出る時はお幸にお雪の着物を着させて、入れ替えさせていた。まさか、こんなことになるなんて、思ってもみなかった。本当に、申しわけない」

仙太郎は呆けたような顔をしている。

それを見て、本物のお幸が顔を両手で覆い、その場にしゃがんでしまった。本当のことを知られ、仙太郎とのことは、もう終わりだと思ったのだ。

仙太郎は、本物のお幸の手を握り、笑みを浮かべた。

「なんで泣くんだ、お幸ちゃん。わたしは、ほっとしているんだよ」

「えっ」

お幸が、驚いた顔をする。

「わたしは、矢島屋さんの娘だから惚れたんじゃない。あなた自身に惚れているんだ。お幸ちゃん、わたしと夫婦になってくれるかい」

放心したようになっているお幸の背中を、本物のお雪がそっと叩く。

「お幸、ほら、お返事して」

すると、お幸の目に涙があふれた。喜びに満ちた顔で、はい、と頷いた。

仙太郎は、安堵の息を吐き、人目もはばからず、お幸を抱きしめた。

「良かったな、仙太郎」

笑顔で声をかけた徳兵衛であるが、心の中では、泣いている。上女中だと思っていた娘が、矢島屋の跡取り娘のお雪だったからだ。相手が大店のお嬢様なら、自分の嫁にもらうなど夢のまた夢。徳兵衛の恋は、ここで終わったのだ。

改めて挨拶に来るという仙太郎と矢島屋を辞した徳兵衛は、重い気持ちを悟られないよう明るくふるまい、通りを歩んでいた。

「良かったな。本当に良かった」

友を祝う気持ちに嘘はなかった。

仙太郎は、こんなことになって、と、徳兵衛のことを気にした。

「そうだ、大叔父に、いい相手を見つけてもらおう」

「ばか、おれのことなんざいいんだよ。所帯なんざ持ってみろ、自由に遊べなくなるじゃねぇか」

「元々、遊んでないじゃないかよう」

「へん、おめえが知らないだけだ。今夜も約束があるんだぜ。おれはこう見えても、もてもてだ」

ありもしない嘘をついて、仙太郎に気を遣っていると、背後から小走りに近づく下駄の音がした。

「ほれみろ、おれを見つけて、女が追ってきた」

などと冗談を言うと、

「徳兵衛さん」

本当に声をかけられたので、徳兵衛は驚いて振り向いた。

追ってきたのはお雪だ。

「お、お嬢さん」

徳兵衛が立ち止まって背を返すと、お雪が駆け寄り、徳兵衛の手を握った。

「えっ」

徳兵衛は声を失った。温かい手の温もりに、全身が痺れて動けなくなる。

「お父っつぁんが、お話があるそうです」

お雪に言われたが、頭がぼうっとしている徳兵衛は、返事ができなかった。

「徳兵衛さん、お願い」

手をぎゅっと握られて、徳兵衛はようやく、はい、と答えた。

隣にいる仙太郎が、くすくすと笑っていたが、来た方角に向いて深々と頭を下げた。徳兵衛が見ると、矢島屋の店の前に、吉四郎が腕組みをして立っていた。

徳兵衛は、吉四郎に頭を下げて、お雪の手をしっかり握り返した。

第二譚　あかり

一

江戸の空は朝からぎらぎらと日が照りつけ、上野山《うえのやま》は、あぶら蝉がうるさいほどに鳴きしきっている。

この日、ひとりの男が、下谷広小路《したやひろこうじ》を上野北大門町《きただいもんちょう》へと歩いていた。破れた編笠を被り、色褪《いろあ》せた紺の小袖の裾を端折り、素足に草鞋《わらじ》、腰には道中差《どうちゅうざし》を落とし、肩には小さな振り分け荷物を下げている。

名は照介《しょうすけ》。歳は明和《めいわ》五年（一七六八）の今年で三十五になったが、いい年をして決まった職は持たず、博打や人足などをしてその日暮らしをしている。

大きな目は鋭く、引き結んだ唇は一筋縄ではいかぬ男の様子をかもしだしており、姿は旅の渡世人《とせいにん》だ。

照介は、前から歩んでくる供連れの女に気付き、足を止めた。

女は、笠を上げて見る渡世人を避けるように小走りをして、店に入っていく。

照介は後を追って店に入り、背を向けて立つ女に、不敵な笑みを浮かべた。

「よう、おしの」

声に振り向いた女が、因縁をつけられたように怯《おび》えた顔をするので、照介は笠を取り、顔を近づけた。

「忘れちまったのかい。おれだよ、明光堂《みようこうどう》の照介だ」

「照介さん！」

まあっ、と驚きの声をあげたおしのが、他の客の目を気にして手で口を塞ぐ。

北大門町で、梅木《うめき》屋という小料理屋を営んでいたおしのとは、良い仲だ。いや、だったというのが、正しい。そのおしのが、神妙な顔をすると、照介の腕を引っ張り、店の外に連れて出た。

「いつ、江戸に？」

「昨日だ。風の便りに、親父が死んだと聞いたからな」

「何を言っているの。一年も経つのよ」

「らしいな」

「らしいなって、他人事《ひとごと》のように言って。今ごろ帰ったの」

「そう責めるな。聞いたのは、一月前だったんだ」

　ふうん、と、おしのが疑いの目を向ける。

「嘘じゃない。死んだと知って、すぐ帰ってきたんだ」

「そう。まあ、今となっては、あたしにはどうでもいいことだけど」

「随分と冷たいな」

　おしのが不機嫌な顔を向ける。

「当然でしょう。急にいなくなって」

「悪いと思っているよ。なんなら、やり直すかい」

「十年もほっといて、冗談じゃないわよ。それに、あたしには亭主がいます。あんたなんかより、ずっと立派で、良い人なんだから」

「そうか、亭主持ちか。まあ、幸せなら、それにこしたことはねえや」

　もう十年にもなるのかと、照介は改めて思い、懐かしいと言って辺りを見回した。通りの様子はさして変わっていないが、商売をやめてしまった店があれば、新しくはじめている店もあり、江戸という町では、十年の歳月は短いものではないことを、町の風景が照介に教えてくれる。

「お前さんの店は、今も続いているのかい」

「店はとっくに閉めたわよ」

今は、紙問屋のおかみになり、子も二人いるという。

「どうりで、良い女になっていると思ったぜ」

「それはどうも」

おしのは冷たく礼を言い、厳しい目を向けた。

「十年も、どこで何をしていたの」

訊かれて、照介は返答を躊躇《ためら》う。昔の女は、すっかり年をとっているが、肌は美しく、着ている物も上等だ。

それに比べて、自分の形《なり》はどうだ。

照介は、おしのに身形《みなり》を見られて、着物のほつれた部分を、それとなく手で隠した。

じっと顔を見て、答えを待つおしのに、照介は苦笑いをした。

「まあ、西国《さいごく》や上方《かみがた》でいろいろとやりながら、気楽に暮らしていたのさ」

「そう。こんな所で油を売ってないで、早く帰っておあげなさい」

おしのは、昔の男になど興味がない様子で、上女中《かみじよちゆう》を促して背を向けると、忙しそうに通りを歩んでいった。

照介は俯き、ぼそりと言う。

「早く帰れ、か。それができたら、苦労しねぇや」

おしの背中を見ながら鼻に指を当ててすすると、上野山の方角に足を向ける。

北大門町の通りを進み、途中から右側に寄って歩むうち、反対側に軒を連ねる店の中に、明光堂の看板を見つけた。

生まれ育った照介の家は、北大門町で三代続く蠟燭《ろうそく》問屋だ。先々代がはじめた店は、蠟燭作りと問屋をしていて、本来なら長男の照介が三代目なのだが、父照右衛門《しょうえもん》とそりが合わず、家を飛び出したのが十年前。以来一度も家に帰っていないどころか、手紙の一つも出したことがなかった。

店は、弟の次郎《じろう》が継いでいることは知っている。だからこそ、これまで帰ってこなかった。弟が憎いわけではない。

ただ、「お前より次郎のほうがよっぽど商人にむいている」と、父親がいつも言っていて、なにかと比べられた照介は、子供のころから、親の顔色ばかりうかがう、要領のいい弟に嫉妬しながら暮らしていたのだ。

蠟燭職人だった父親に命じられて、毎日百本を超える蠟燭を作らされたが、作るはしから溶かされる。出来が悪いなら悪いで何か言ってくれれば納得できるものだが、蠟燭の仕上がりをろくに確かめもせず、溶かしてしまうのだ。

一方、弟の次郎が作った蠟燭には火を灯《とも》し、丁寧に技を教え込んでいた。

いつも別々に蠟燭を作らされていたので知らなかったのだが、たまたま弟に教える姿を見かけた照介は、ああ、やはり店は、弟に継がせるつもりなのだと思い、その日から蠟燭を作らなくなり、昼間から酒を吞み歩くようになった。夜の盛り場で喧嘩をして、悪い仲間もできた。そうなれば、後は坂を転げ落ちるように身を持ち崩し、放蕩三昧《ほうとうざんまい》だ。

父親とは喧嘩ばかりするようになり、二十五歳の時、大喧嘩の末に家を飛び出したのだ。

あの頑固親父が、死にやがった――。

明光堂の看板が見える店に入り、酒を吞んでいた照介は、盃を干すと、勘定を折敷《おしき》に投げ置いて、長床几《ながしようぎ》から立ち上がった。

通りを横ぎり、明光堂の暖簾をくぐると、いらっしゃいませ、と明るい声をかけた女を睨み、店の板敷きに腰かけた。

店番の女が、訝《いぶか》しむのが分かった。

そして、それを察した次郎が結界から出てきて、背を向けて座っている照介の後ろに膝をついた。

「お客様、どのような蠟燭をお探しでしょうか。百匁《もんめ》、七匁、五匁、三匁と揃えてございます。絵細工を施した物が珍しい――」

「次郎、久しぶりだな」

声を遮って照介が言うと、次郎が息を呑むのが分かった。

笠を取り、振り向くと、次郎は既に、目を潤ませている。再会の感動や嬉しさなど微塵《みじん》もない、怒りに満ちた目を向けている。

「今ごろ、何しに戻ってきた」

「そう怖い顔をするな。十年ぶりに会ったんだ。少しは喜べ」

「兄さん、あんた、親父が死んだことを知っているのか」

「だから帰ってきたんだ」

「なに言ってる。もう一年になるんだぞ」

「そう怒るな。知ったのが一月前だったからよう。これでも、急いで帰ったつもりだぜ。それに、さっきも、おしのに叱られたばかりだ。耳が痛いや」

「おしのさんに会ったのか？」

「おう。いい女になっていたなぁ」

「あの人はようやく兄さんのことを忘れて、幸せになったんだ。ちょっかい出すなよ」

「ばか野郎、人の女房に手を出すもんか」

照介は顔をしかめて言い、奥の部屋に目筋を向ける。

「どれ、線香でもあげてやるか」

あの、と声をかけられて顔を向けると、店番をしていた女が歩み出て、頭を下げた。

「嫁の、あさです」

腰を浮かせていた照介が、小奇麗な女を見回し、にんまりとする。

「へえ、あんたが次郎の嫁か。確か、以前は裏店《うらだな》に暮らしていたな」

そう言うと、おあさが神妙な顔で頷いた。

「まんまと、明光堂の内儀におさまったというわけだ」

「おい、そんな言い方はないだろう」

次郎が怒ったが、照介は飄々《ひょうひょう》とした顔でおあさに訊く。

「子供はいるのかい」

「はい。娘が一人。あかねと言います」

「いくつだ」

「十《とお》になりました」

「するってぇと、おれが家を出てすぐの子か。いや、その前か」

指を折って数えた照介だが、

「まあいいや」

膝をぱんと叩いて立ち上がると、遠慮会釈もなく、奥へ行った。

苔《こけ》むした小さな庭をコの字に囲む廊下を歩み、簾《すだれ》が日を遮る部屋に行くと、線香の匂いがしてきた。二畳の小間を隔てた奥の四畳間に、初老の女が座り、位牌に手を合わせている。

母のおたせの背中を見て、照介は足を止めた。

こんなに小さかったか――。

自分が知る母は、恰幅のいい女で、髪も黒くてつやつやしていたはず。たった十年の間に、人はここまで老いるものなのか。

照介は、小さくて寂しそうな母の背中を見つめたまま、動けなくなっていた。

亡き夫への焼香を終えたおたせが、ふと、背後の気配に気付いて膝を転じた。

そして、ばつが悪そうに顔をそらした照介を見て、目を見開く。

「照介、照介ではないですか」

駆け寄ると、腕を摑んで揺すり、声を震わせた。

「母に顔を見せておくれ、照介」

照介が顔を向けると、おたせは嬉しそうな顔をして、安堵の息を吐いた。

「良かった。生きていてくれて」

「親父が死んだと聞いたので、線香をあげに」

「きっと、父さまも喜びます。ささ、おいで」

母に招かれて位牌の前に座った照介は、線香に火をつけて香炉《こうろ》に寝かせて置き、手を合わせた。

「これまで、どこで何をしていたのです」

訊かれて、照介は目を開けた。父の位牌を見つめながら、上方で暮らしていたことを告げた。

「ずっと、独り身なのですか」

「はい。一人食うのも事欠く始末でして」

照介は、神妙な顔をして膝を転じた。

「今更、次郎を追い出して家に入る気はありません。親父が残した金を少しばかかり分けていただければ、すぐに出ていきます」

「お金……」

帰ったのはそれが目当てかと、おたせは肩を落とした。

「おれにも、財を分けてくれてもばちは当たらねえはず。そうでございましょう、母さま」

「…………」

おたせは何も言わず、心苦しそうな顔をしている。

「まさか、次郎が全部取り上げたのですか」

「いえ、そうではないのです」

「では、分けていただけますね」

「照介――」

おたせが何か言おうとした時、廊下から弟の声がした。

「母さま、そんな奴に渡す金はないですよ」

二人の会話に割って入った次郎が、廊下から照介を睨み、今すぐ出ていけと大声をあげた。

「冗談じゃない。おれは親父から勘当されたわけじゃない。おれは明光堂の長男だ。今さらこの店をよこせとは言わないが、財の半分くらい貰っても、いいくらいだろう」

「これまで放蕩三昧していたくせに、そのようなことよく言えたもんだ。呆れて声も出ないとはこのことだ」

「それだけ出りゃ十分だ。つべこべ言わずに金を出さねえと、居座るぞ」

「お前に渡す金など、一文もない！」

「おお、そうかい。だったら、考えがある」

照介は、奥向きに並ぶ部屋の中で一番広い部屋に入ると、ごろりと寝転んだ。

「今から、この部屋はおれのものだ」

「そこは、代々あるじが使う部屋だ！」

当代のあるじである次郎が怒鳴ったが、照介は聞かず、寝転んでいる。そして、部屋を見回すと、次郎に言った。

「それにしても、殺風景な部屋だな」

「この野郎——」

照介に飛びかかろうとした次郎を、おたせが引き留めた。何も言うなと首を横に振ると、次郎は、悔しさと腹立たしさに歯を食いしばり、身を震わせている。

「次郎」

腕を摑んだおたせに宥《なだ》められ、次郎は一つ長い息を吐いて気を落ち着かせると、背を向けて横になる照介に、見下すような目を向けた。

「いくら欲しいんだ」

「そうさな、これだけいただこう」

照介は、背を向けたまま、指を三本立てて見せた。

「三十両か」

「ばか、三百両だ」

照介は、家を出る前に金蔵からいくらか拝借したのだが、その時、千両箱一杯の金を目にしている。それゆえの、請求だ。

「そ、そんな金、あるわけない」

嘘をつきやがって——。

照介は首をねじ曲げて、次郎を睨み上げた。

「ないなら、居座るまでだ」

「か、勝手にしろ！」

「おう、勝手にすらぁ」

「今さら帰ってきて、長男面《づら》するな。偉そうにしたら承知しないからな。分かったな！」

次郎は憤慨して、立ち去ってしまった。

次郎があっさり退散したことに驚いた照介は起き上がり、おたせに訊く。

「まさか、本当に金がないってことはないですよね」

「そのようなことはありませんよ。次郎は、立派に店を守っているのですから。お金をよこせなんて言わないで、せっかく帰ったのですから、このまま居候《いそうろう》なさい」

おたせは笑みを浮かべ、兄弟仲良く暮らしてくれれば、それはそれで母は嬉しいと言い、袖で目じりを拭《ぬぐ》った。

態度が、どうもうさんくさい——。

そう思った照介は、おたせに疑いの目を向けた。

どうしても、金をよこさぬ気だな。こうなったら、金をよこすまで居座り、出ていってくれと願うような暮らしをしてやらぁ——。

今夜あたり吉原《よしわら》に行こうとしていた照介は、舌打ちをして横になると、ふて寝をした。

二

明光堂に帰った日の夕餉《ゆうげ》は、煮物や菜の物が並び、照介を満足させるものであった。

しかし、一夜明けた朝餉は、前の夜の残り物が多かった。それならまだ普通のことだったのだが、昼餉はないにしても、夕餉は、嫌がらせとしか思えぬほど質素なもので、漬物と、ねぎさえも入っていない味噌汁のみ。飯も、おかわりしようとしたところ、お櫃《ひつ》は空になっていた。

照介は、板の間の下座で給仕をするおあさをじろりと睨み、次に次郎を睨んだ。

一言もしゃべらずに食事をとるのは昔から変わっていないが、質素な食事を、平然とした顔で食べている。母も姪《めい》のあかねも、これがいつものことだと言わんばかりに、たった一膳の飯をゆっくり食べ終えると、お椀に湯を注いで漬物で洗い、湯を飲み干すと、膳に収めた。

しめし合わせやがったな――。

わざと質素な飯を出し、出ていかせようとしているに違いない。

そう勘繰った照介は、汁椀を干して荒々しく置くと、

「酒を呑んでくる」

面白くもなさそうに言い、外に出かけた。

裏路地から表に出ようとした時、追って出たおあさが呼び止めるので振り返ると、

「これを、どうぞ」

緡紐《さしひも》に通した銭を差し出した。

「なんだい、これは」

「ご飯が足りなくてすみません。これで、何か食べてください」

飯のことはきっと、次郎に言われてしたことなのだ。おあさは気が引けて、銭を渡したに違いない。

「いいのかい。すまねえな」

照介は遠慮なくいただくと、おあさに背を向けた。

「これっぽっちか。ばかにしやがって」

不機嫌に言い、銭を袖袋に落とすと、通りに歩み出る。

貰った金を全部酒代に使った照介は、夜中になって家に帰り、部屋にきちんと

整えられていた寝床に滑り込んだ。

寝床はおあさが整えてくれたものだが、酔っている照介は、そんなことに感謝することもなく、大の字になって、大いびきで眠った。

朝遅く目を覚まし、裏の井戸で顔を洗っていると、壮年の男に挨拶をされた。

見知らぬ顔に訝しんでいると、

「宗八《そうはち》と申します。こちらで、蠟燭を作らせていただいております」

と、挨拶した。昨日は休みだったらしい男は、声音も口調も穏やかなのだが、一つに繋がった眉毛と角ばった顎が、頑固な気性を面《おもて》に出している。

おう、と返事をして、手ぬぐいで顔を拭いた照介が、話をしようとすると、宗八は拒むように頭を下げて立ち去った。

蠟燭を作る作業場は、店の裏の路地を挟んだ所にあるのだが、照介は、父親と喧嘩ばかりした想い出しかないので覗く気になれず、勝手口から台所に入る。

「飯を頼む」

洗い物をしていたおあさに言うと、すぐに仕度をしてくれた。

だが、出されたのはやはり漬物と味噌汁と、一膳飯だけ。

照介は不機嫌になりながらも、夕べは酒代を出してくれたおあさに黙って手を合わせて、朝飯をかき込んだ。

その、おあさを町で見かけたのは、昼の暑さに耐えかねて、不忍池《しのばずのいけ》へ涼みに行こうとした時だった。米屋の前で、店の者に必死に頭を下げ、何か頼んでいる。

明光堂の内儀たるものが、小さな米屋に頭を下げて何を頼んでいるのだろう。気になったが、すぐには声をかけずに、遠目に見ていた。店の者は困った顔をしていたが、おあさの粘りに負けたらしく、首を縦に振ると、二人して店の中に入った。

「おう、喧嘩だ喧嘩だ。侍の斬り合いだ!」

股引《ももひき》に前垂れ姿の職人風の男が叫ぶと、大通りにいた者たちが見物に走りだす。侍の喧嘩と聞いては、江戸っ子の血が騒ぐ。照介は、おあさのことなどすっかり忘れて、見物に走った。

寛永寺《かんえいじ》の黒門前ではじまった喧嘩は、刀の鞘《さや》が触れた、触れない、という言い合いが原因だったが、旗本と大名家の家臣の争いは、さすがに抜刀までにはいたらず、口喧嘩の末に、大名家の家臣が頭を下げたことで終息した。

物騒な話は皆無の泰平の世に、侍が昼日中に江戸市中で刀を抜くことなど滅多にない。宮仕えも、剣の腕ではなく頭の良い者が重宝される世の中なのだから、市中で抜刀して斬り合えば、互いに厳しい処罰が下される。

「近頃のお侍は、刀が錆付《さびつ》いているらしいぜ」

野次馬の中で声があがったが、侍たちは無視をして立ち去った。

がっかりして、ため息と共に散ってゆく野次馬たちとその場を離れた照介は、不忍池のほとりの水茶屋で小女《こおんな》を相手に酒を呑み、奥へ誘われたのに応じて、熱い肌を重ねた。

吉原の花魁《おいらん》にはおよばぬが、岡場所の女郎もいい。汗を浮かせる女のかぐわしい香りに一時《いっとき》溺れた照介は、風が涼しくなってから茶屋を出ると、家に帰った。

下谷広小路《したやひろこうじ》を歩んでいて、ふと、おあさのことを思い出した照介は、少し引き返して、先ほどの米屋に入った。

「いらっしゃいませ」

威勢のいい声をあげて迎えた店の者は、おあさの相手をしていた男だ。

「客じゃねぇ。お前さんに、ちっと聞きたいことがある」

「へい、なんでしょう」

「昼間に、明光堂のお内儀が来ていたな」

店の者が、ああ、と、顔をしかめて言う。

「迷惑な話ですよ。あんたも、支払いを待っている口なんですか？」

照介は驚いたが、顔には出さず、そうだと言って調子を合わせた。

「で、こちらの米代は、いくら溜まっているんだい」

「うちは一両ほど溜まっていますよ。今日払うと言うので待っていたんですが、どうしても足りないので待ってくれと言われましてね。あんたのところは、いくらです？」

「まあ、同じようなものだ。それより、明光堂は、そんなに厳しいのかい」

「詳しいことは知りませんが、相当厳しいようです。先代が亡くなってから、評判が落ちているみたいですよ」

「そう、だったのか」

照介は、おあさが昨夜渡してくれたのは、なけなしの金だったのだと気付き、顔をしかめた。

「ばか野郎、それならそうと、はっきり言えばいいものを」

「なんです？」

店の者が独り言を訊き返す。

「いや、こっちのことだ。そうかい、つけが溜まっているんじゃ、米も売らないよな」

「そうしたいところですがね。この店を出す時には、先代に随分お世話になりましたので、渡さないわけにはいきませんよ。今日も、お内儀に頼まれて、少しお渡ししました。まあ、五合ほどですけど」

「それっぽっちじゃ、一日分もないだろう」

照介が思わず声を荒らげたので、店の者が目を丸くした。

「そうおっしゃいましても、うちも商売ですから」

「ち、けちな野郎だ」

「な、なんですって」

「おれも明光堂には世話になった口だ。一両ぐらい、払ってやるよ」

言ったものの、照介は、店の者に背を向け、懐から財布を出した。

中には、家を飛び出して十年の間にこつこつ貯めた金と、父親の死を知って江戸に下る時に、住んでいたぼろ長屋の家財を一式売り払ってこしらえたのを合わせて、三両ばかり入っている。この金が、照介が持っている全てだ。

財を分けてもらうつもりが、まさか、こんなことになろうとはなぁ——。

ため息を吐いた照介は、どうするか迷ったが、母と可愛い姪っ子のためだと自分に言い聞かせる。

「しょうがねぇ！」

声をあげて背を返し、小判を店の者に押しつけた。

「証文をよこせ」

「そ、そんなもの、ありませんよ」

「だったら、とっとと帳消しにしろ」

「分かりましたよ。荒っぽい人だなぁ」

店の者はぶつぶつ言いながら帳面を取り、明光堂のつけに墨で棒を引いていった。

「ついでに、こいつを渡しておくから、内儀が来たら米を渡してやってくれ」

小判をもう一枚渡すと、店の者が驚いた。

「いいんですかい？」

「こいつは口止め料だ」

更に酒手《さかて》を渡し、渋い顔を近づけた。

「米代を誤魔化したら、承知しねぇからな」

ごくりと喉を鳴らした店の者が、へい、へい、と、首を忙しく縦に振り、引きつった笑みを浮かべる。

店を出た照介は、懐から財布を出し、たったの一枚になった小判を眺めると、西日に燃える空を見上げて舌打ちした。

「おれも、とんだお人よしだ」

重い足取りで明光堂に帰った照介は、出された夕餉を黙って見つめて、姪のあかねに、それとなく目筋を向ける。

あかねが気付き、目が合うと、伯父に怯えることもなく、優しい笑みを浮かべるではないか。照介は、急に胸が熱くなり、慌てて目をそらした。

「昼間に酒を呑み過ぎた。手を付けていないからよ、あかね、お前、食べてくれ」

あかねの茶碗に飯を入れ、味噌汁と漬物も渡すと、照介は部屋に引っ込んだ。

母のおたせが、具合が悪いのかと声をかけたが、照介は背を向けて横になったまま、寝たふりをした。

翌朝も、胃の腑《ふ》の具合が悪いと言って、あかねに飯を譲った照介は、家の者の目を盗んで厨《くりや》に水を飲みに行った時、おあさが、お櫃に残った飯粒を隠れて食べているのを見てしまい、慌てて襖の後ろに隠れた。

いったいこの店は、どうなってやがる——。

金蔵に千両箱を見ていた照介は、先代が亡くなってから評判が落ちている、と言った米屋の声を思い出し、そっと店を覗いた。

廊下の片隅から見る光景に、首を傾げずにはいられなかった。照介が知っている店の様子とは、まったく違っていたのだ。

かつては、この時間になると、小売の者や商家の者が、蠟燭を求めてひっきりなしに出入りしていたが、今は客は一人もおらず、結界にいる次郎は、居眠りをしている。

照介は、店のことに興味がないので家に帰ってからは覗きもしなかったが、今になって気付いた。店には、番頭も手代も、小僧もいないではないか。

きっと、雇う金もないのだ——。

次郎ではなく、母に訊《たず》ねるために踵《きびす》を返した照介は、店に来た者がいきなり声を荒らげたので、足を止めた。

三人のやくざ者が店に入るなり、大声をあげて次郎を呼んだのだ。

次郎が慌てて、転げるようにして板の間を進み、男たちに向かって、額を板の間に擦《こす》りつけるように頭を下げた。

「明光堂さんよう。その態度は見飽きているんだ。今日こそは、きっちり返してもらわないと、困るんだがね」

「あと三日、いえ、二日待ってください」

「いいかげんにしねぇか！」

男が怒鳴った。

「おう、そう言ってもう一月も経つんだぜ」

「分かりました。明日お返しします」

「いいや、今日ばかりは勘弁ならねぇ。払えないなら、娘を連れていく。そういう約束だったよな。おう、娘を連れてこい」

手下に命じると、次郎が立ちはだかった。

「それればかりは、ご勘弁を。蠟燭で払います。いくらでも持っていってください」

「いるか、こんな物」

男が板の間に並べていた商品のうちの一本を取り、次郎に投げつけた。

蠟燭が自分の額をかすめて棚に当たり、軽い音を立てて折れ散ったのを、照介は訝しい顔で見つめた。

「どけ！」

手下が次郎を突き飛ばした時、台所からおあさが出てきた。恐ろしい形相で、手には包丁を握っている。

「なんのまねだ、このあま」

「娘は、あかねだけは渡しません」

身構えるおあさは、今にも斬りかかりそうだった。

「待ってくれ！」

たまらず飛び出した照介に、やくざ者が目を向ける。そして、兄貴分の男が、目を見開いた。

「おめぇ――」

照介はその目線に、ばつが悪そうな顔で応じる。

「すまねえ、佐治《さじ》。今日のところは、おれに免じて、許してやってくれ」

照介が佐治と呼んだ男は、父親に反抗して悪さをしていたころの仲間で、無二の友、と呼べる仲だった。

「照介、おめぇ、生きていやがったのか」

「ちゃんと、足は付いてらぁ」

どちらともなく笑みを交わしたが、佐治は、すぐに険しい顔になる。

「おれとお前の仲だ。許してやりたいところだが、おれも、立場ってものがある。お前の弟の頼みだから、親分に頼んで安い利息で金を貸した。それがどうだ。借りた金を、一文も返しゃしない。お前にゃ悪いが、今日ばかりは、手ぶらじゃ帰れないぜ」

「いくらだ」

「貸した金は五十両だ。ただ同然と言っても、利息分は溜まっている」

「これで、利息分になるか」

小判を一両渡すと、佐治は受け取った。

「今日のところは、これで帰る。だが、期限は過ぎているんだ。いつまでも待てないぞ」

「分かった。なんとかする。親分さんに、よろしく伝えてくれ」

「ふん、面《つら》を見せて自分で言え。親分も喜ぶ」

佐治は、恐ろしげな顔に笑みを浮かべると、子分を連れて帰っていった。

「よけいなことをしやがって」

次郎は、照介に助けられたことが悔しいらしく、そう吐き捨てると、外に飛び出していった。

おあさが三和土《たたき》に両手をついて頭を下げるので、照介は手を握って立たせると、

「弟の奴が、苦労かける」

そう言って、掌を広げさせると、財布をひっくり返した。

小粒銀がひとつ落ちたので、それを握らせ、

「年寄りとあかねに、旨いものを食べさせてやってくれ」

頭を下げて頼んだ。

そして、父親が亡くなったあと、何があったのか教えてくれと言うと、おあさはこくりと頷き、涙ぐんだ。

三

おあさから話を聞いた日の夜、照介は、次郎が帰るのを待って、部屋に呼んだ。

外で頭を冷やしたらしく、次郎は、照介の求めに応じて部屋に来たが、不機嫌

な顔をして、目を合わさずに座った。

照介がその横顔を見ていると、次郎はちらりと目を向け、ふてぶてしく言う。

「忙しいんだ。用があるなら、早く言え」

照介は、店から持ってきていた百目蠟燭《ひゃくめ》を手にすると、魚油《ぎょゆ》の行灯《あんどん》の火を移して、燭台《しょくだい》に置いた。

行灯の火を吹き消すと、百目蠟燭の炎が揺らぎ、部屋を明るくするのだが、天井や、部屋の四隅を見回した照介は、

「なるほど」

腕組みをして難しい顔になり、一つため息を吐いた。

「暗いな。それに、減りも早い。これでは、客も逃げるはずだ。親父が死んでから、型に蠟を流す製法に変えたらしいな」

そう言うと、次郎が睨んだ。

「それの、何処が悪い。このほうがたくさん作れるし、値も安い」

「お前は、何も分かっちゃいないな」

「なんだと」

「明光堂の客は、値段など気にしない者ばかりだったはずだ。求めているのは、

他にはない明るさだ」

先代の照右衛門が作る蠟燭は、手掛《てが》けという、芯に丹念に蠟を掛けて作る製法で、断面には幾重《いくえ》もの年輪のような模様が見える。

蠟燭作りの製法としては珍しいものではないのだが、明光堂の蠟燭は、明るく減りにくいというのが評判で、大勢の客がついていた。

ところが、照右衛門に代わって跡を継いだ次郎は、父から仕込まれた製法で蠟燭を作ろうとせず、型作りの職人である宗八をどこからか引っ張ってくると、照右衛門の下で働いていた職人たちに、型で蠟燭を作らせた。

長年奉公していた職人たちは、当然反発する。だが、次郎が口答えを許さず強要するので、一人辞め、二人辞め、とうとう、全員が辞めてしまった。

おあさが言うには、このことは、次郎の思惑だったらしい。生産の効率が悪い手掛けの蠟燭は、多くの職人を雇わなければならず、その分、値も高くなる。蠟燭を安く作り、安い値で売って店を大きくしようと考えた次郎は、昔ながらの製法をやめるために、宗八を雇ったのだ。

しかし、次郎の予想に反して、客足は遠のいてしまった。

火の強さと美しさがあり、長持ちする父の蠟燭に比べ、宗八の作る蠟燭は、火も小さく、減りも早い。

「安いだけだ」

という噂が広まり、出入りしていた蠟燭屋からは、店に置いても売れないといって返品され、大名家や寺社の上客も、離れてしまっていた。

「このままだと、店が潰れるぞ」

「潰したりするものか。きっと、安い蠟燭を求める客もいる。まだ、明光堂の蠟燭は高値だと思っている客が来ていないだけだ」

「そうは思わないぜ。確かに親父の蠟燭は高級だ。しかし、今お前が付けている値は、他の蠟燭問屋とさして差がない。しかも、向こうは手掛け物だ。安さを売るなら、もっと値を下げなきゃ駄目だが、そうなると、儲けはないよな」

「そ、そんなの、分かっている」

次郎は、悔しそうに唇を引き締め、顔をそらした。

「大勢の職人をかかえる問屋に敵《かな》うわけがない。店のことを思うなら、親父の蠟燭を作れ、次郎」

「うるさい。わたしは、店のために懸命に働いているんだ。遊び暮らしていた者に、とやかく言われたくはない」

立ち上がった次郎は、照介を睨むと、部屋から出ていった。

「おい、次郎！」

追って諫《いさ》めようとした照介の前に、母のおたせが現れた。

「あの子を責めないでやっておくれ」

「母さま……」

照介は、母の悲しげな顔に押されて、座りなおした。

おたせは、照介の前に膝を揃えると、唇を震わせ、涙を堪《こら》えて言う。

「あの子は、本当は分かっているのです。父さまが亡くなってすぐの頃は、父さまの蠟燭に勝る物を作ろうと、毎日毎日、熱い蠟と戦っていましたが、どうしても、作れなかったのです。ろくな蠟燭を作れない次郎のことを、職人たちも蔑《さげす》むようになり、焦った次郎は、その苛立ちを職人にぶつけるようになってしまったのです。宗八を連れてきたのは、そんな時でした」

おあさの言うことと違うのは、次郎が、おあさに心配させないために、強がったからに違いない。

あのばか――。

照介は、女房にまで見栄を張る次郎に、舌打ちをした。

「おれはどうも、あの宗八という男が好きになれません」

一度しか会っていないが、目つきが気にいらなかったのだ。

「それは言い過ぎです。宗八は、次郎のために少しでも良い物を作ろうと、夜遅くまで蠟燭を作っているのですから」

母に言われて初めて知った照介は、作業場を覗いてみたくなり、廊下から庭に下りると、裏に出た。

路地を挟んだ作業場から、灯りが漏れている。

戸口からそっと覗くと、長床几《ながしょうぎ》に座り、うな垂れている次郎の前で、宗八は、黙々と仕事をしていた。言葉は発せずとも、懸命に働くその姿は、次郎を慰めているように見える。

照介は、空咳《からぜき》を一つして、作業場に入った。

宗八が驚いた顔をして頭を下げるので、

「続けてくれ。蠟が固まっちまう」

照介は言い、作業の様子を見た。

「何しに来やがった」

次郎が敵愾心《てきがいしん》をむき出しにして言うが、照介は笑みで応じて、宗八の仕事ぶりを見た。

型に蠟を流し、固まった物を取り出して、刃物で頭を削って芯を出して形を整える作業は、無駄のない手練《てだ》れの技を見せている。

一ついいかい、と言って、手に取った照介は、心の中でため息を吐く。

「宗八さんよう。売れない物をいくら作っても、材料の無駄になるばかりじゃねぇのかい」

照介が言うと、宗八は目を合わせて、

「少しずつ、客が増えておりますので」

ぼそりと言い、目筋を転じて削りの作業を続けた。

「そういうことだ。いまに店を盛り返す。邪魔だ、出ていってくれ」

次郎が照介を外に押し出し、ぴしゃりと戸を閉める。

「そう甘くはないぞ。やり直すなら、今のうちだ」

照介はそう言ったが、返事はない。

部屋に戻った照介は、

「頑固な野郎だ」

親父に似たのだと独りごち、腹の虫がぐうっと鳴いたので、顔をしかめて枕で押さえつけ、横になった。

翌朝、照介は何処にも出かけず、寝たふりをしながら、襖の隙間から店の様子を見ていた。

店を開けてから昼までに来た客は三人。売れた蠟燭は、値の安い七匁のものが十丁だけ。結局、それが一日の売り上げとなった。

たった百八十文じゃ、話にならねぇ――。

腕組みをして深刻な顔をした照介は、夕餉に呼ばれても顔を出さず、寝床に横になって考え事をしていた。

「伯父さま、お食事を置いておきます」

あかねの声がしたので、四つん這いになって襖を開けると、姪は優しい顔で微笑み、いびつな形の握り飯を差し出した。

「お前は、しっかり食べたのかい」

「はい」

明るい返事をするあかねの後ろで、おあさが両手をついて頭を下げた。

「今日、米屋に行ってきました。お代を出してくださったのは、お義兄《にい》さまでしょう」

「おっと、そいつは、言わねぇでくれよ。特に、次郎の奴にはな。またぞろ、よけいなことをするなと、怒鳴られるからよ」

「ありがとうございます」

「よしてくれ。おれが腹一杯、飯を食いたいからしたことだ」

あかねの手から握り飯を取り、頬張った。

「うん、旨い」

そう言うと、あかねが、自分が作ったのだと言って笑う。

この時、照介の中で、ある決意が固まった。

十年も好き勝手したおれだ。ここで、男を見せてやろうじゃないか——。

心の中で叫んだ照介は、可愛い姪の顔を見ながら、握り飯を食べた。


「というわけだ、佐治。昔のよしみで、なんとかしてくれ」

翌日、家を出た照介は、浅草駒形町《あさくさこまがたちょう》に足を運び、佐治に会いに行った。

煮売酒屋で酒を酌み交わしながら、話を聞いた佐治は、照介に険しい目を向けると、盃をまずそうに干す。そして、照介に酌をしてやりながら言う。

「そいつは、おれにはどうにもならねぇ。親分に頼め。おれも、口添えしてやるからよ」

「すまねえ」

「しかし、本気なのか」

「冗談で、こんなこと頼めるか。これまで遊び暮らしたおれだ。家を守っても、ばちは当たるめぇよ」

静かに盃を置いた佐治が、黙って勘定を二人分置くと、立ち上がった。

共に店を出た照介は、佐治についていき、熊谷《くまがい》組の敷居をまたいだ。

熊谷組は、この辺りを縄張りにする町火消だが、それは表の顔で、金貸し、賭博、売春をする私娼を牛耳《ぎゅうじ》るなどの裏の仕事をもつ、いわゆる、やくざ者である。

佐治は、その熊谷組で若頭《わかがしら》の地位にあり、親分の右腕として働く者だ。

その佐治が帰ると、人相の悪い若い衆《わかいし》が行儀よく出迎え、共にいる照介にも、頭を下げる。

「まあ、上がってくれ」

佐治に案内されて板の間へ上がると、奥から年増の女が顔を出した。

「姐《あね》さん、親分に会いたいという者を連れてきやした。奥ですかい」

すると、赤い紅が似合う妖艶《ようえん》な女は、品定めするような目で照介を見ると、奥にいる、というように、目で促した。

奥の部屋の前の小間に進むと、襖を守っていた若い衆が、

「親分、佐治の兄貴がご用だそうです」

うかがいを立てる。

よくもまあ、躾《しつけ》が行き届いているものだ――。

店の丁稚《でっち》に欲しい、などと照介が思っていると、中から声がして、若い衆が襖を開けた。

布団にうつ伏せになり、どこぞの芸者らしき若い女に身体を揉ませていた初老の男は、心地良さそうな顔をしている。

名の知れた一家を背負う男に思えぬ柔和な顔つきをしているのは、熊谷組の平《へい》蔵《ぞう》親分だ。

「親分、明光堂の照介が挨拶をしたいと言いますので、連れてきました」

佐治が言うと、平蔵が、おう、と応じて、女の手を握って揉むのをやめさせ、あぐらをかいて座った。肩に麻の羽織を掛けた女が、湯呑を差し出すと、平蔵は一口飲み、長い息を吐きながら、照介を手招きした。

若い頃に平蔵に世話になったことがある照介は、膝行《しっこう》して近寄ると、畳に両手をついて頭を下げた。

「照介、随分顔を出さなかったじゃねぇか」

「はい。家を飛び出したのが十年前。これまで、西国や上方で暮らしておりましたもので」

「そうか」

知らなかった、というよりは、気にも留めていなかったというのが正しい。

平蔵は、寄ってくる者には興味を示すが、顔を見せぬ者を、あの者はどうしている、などと、気にする性格ではないのだ。

そんな平蔵だから、照介が茶を飲みに来たなどと思うはずもなく、

「で、今日はなんの頼み事だ」

こう言った時の平蔵の目は、細い瞼《まぶた》の奥で、鋭く光っている。

背筋に冷たい汗が流れるのを覚えた照介は、上げていた頭を再び下げ、畳に額を擦《こす》りつけた。

「弟の借金のことで、お願いがございます」

芸者の目も、若い衆の目もはばからず、照介は、溜まりに溜まった借金を返す

ための願い事をした。

縷々《るる》述べる照介の必死さに、初めは薄笑いを浮かべ、横柄な態度で聞いていた平蔵は、次第に真顔《まがお》になり、最後は腕組みをして、深刻な顔となった。

「お前さんの言うことは、よぉく分かった。だが、それがどういうことか、分かっているのか」

「はい。覚悟は、できております」

照介が顔を伏せたまま言うのを見下ろした平蔵が、佐治に目筋を向ける。

「おめぇは、どう思う」

「あっしも、借金を返すには、これしかないかと」

店の状況は、平蔵も知っていることだ。

「お願いします。どうか、どうか」

照介に必死に頼まれて、平蔵は頷いた。

「よし、分かった」

様子を見に来ていた女房に、平蔵が、おい、と言って命じると、女房は手箱から金を出し、照介の前に置いた。

「五年の年季で、三十両だ。残りは、弟に払わせろ」

平蔵に言われて、照介が顔を上げた。

「これじゃ、足りません」

「ばか野郎！」

平蔵が怒鳴り、照介の胸ぐらを摑んで顔を寄せる。

「これ以上の年季を生き延びた者はいねえんだ。お前さんが行こうとしているのは、そういうところだ」

「死んでも構わねぇ。ですから、残りの二十両も出してください」

「勘違いするな。これ以上出さないのは、お前さんのためなんかじゃねえ。死んじまったら、おれが大損をするからだ」

平蔵はそう言って突き離すと、この条件が吞めないなら、話はなしにするというので、照介は仕方なく応じて、三十両全てを、平蔵に押し返した。

「全部、借金の返済に充てておくんなさい」

平蔵は渋い顔をして小判を見つめ、じろりと、佐治を睨む。すると、佐治が三十両を持ち、照介の懐にねじ込んだ。

何をする、という顔で見ると、佐治が言った。

「借金はお前がしたことじゃねぇ。次郎に、払いに来させろ」

「いや、しかし……」

黙って肩代わりしてやるつもりだったが、平蔵はそれを許さなかった。

「いるんだよ、お前さんのように、良い顔をしたがるのが。だがな、そんなことをしたところで、弟にとっちゃ、なんのためにもなりゃしねぇ。お前さんは、命を張って銭を用意したんだ。そいつを弟に分からせなきゃ、残りの二十両も、払わされることになるぜ」

照介は、弟のためだという平蔵の言葉を聞き、それもそうだと、納得した。

礼を言い、背中を丸めて帰る照介を呼び止め、平蔵が、ぼそりと言う。

「五日後の朝に迎えを行かせる。それまで、せいぜい楽しんでおくことだ」

「はい」

「これは、おれからの餞別《せんべつ》だ」

平蔵が、二両もくれた。

「生きて帰ったら、うちへ来い。一人ぐらいなら、面倒をみてやるからよ」

「ありがとうございます」

照介は金を押しいただき、熊谷組をあとにした。

すぐ家に帰る気になれず、照介は不忍池のほとりの水茶屋に上がり込み、先日と同じ女を相手に、酒を呑んだ。
女の甘い体臭を嗅ぎながら、むっちりと柔らかい肉置《ししお》きを抱きつくしているうちに、
ああ、この極楽ともお別れだ――。
そう思い、
銭はたっぷりある。いっそのこと、この女と――。
逃げてしまおうかという思いが脳裏をかすめて一閃し、
いけねぇ、それはしちゃいけねぇ――。
頭を振り、悪い考えを追い出すと、腕の中で声をあげてもだえる女を、夢中で抱いた。
そして、照介は、水茶屋のあるじが鼻に小皺を浮かせてしかめ面をしているのも知らず、三日間も女を独占し、部屋から出なかった。

四

「照介伯父さんは、何処に行かれたのでしょう」
朝餉の席で、あかねが母に訊くと、おあさは、さあ、と答えて、姑《しゅうとめ》のおたせ

を見て、次に次郎の様子をうかがった。

妻の目筋を受けて、次郎が箸を止め、ため息を吐く。上方に女房子供がいても、おかしくない」

「上方にでも戻ったんだろう。あいつもいい年だ。上方に女房子供がいても、お
かしくない」

「あいつだなんて」

おあさが悲しげに言うと、次郎が睨んだ。

「わたしは、兄弟とは思っていない。親父の財目当てで戻ってきたものの、家に借金しかないと分かって、逃げたに違いないんだ。店が潰れるだのと偉そうなことを言っていたが、助ける気なんて、ないんだよ」

おたせがほろりと涙を流した。

それを見たおあさは、次郎の側に行き、手から茶碗を取り上げた。

「な、なにをする」

「義兄さまの悪口を言うなら、お食べなさいますな」

「なにを」

怒った次郎だが、涙を浮かべる妻の様子に目を見張った。

「まさか、お前」

問う顔に、おあさは頷く。

「黙っていろと言われたからそうしていましたが、このお米の代金は、義兄さまが払ってくださったのです。米屋に溜まっていたつけまで、払ってありました」

鼻をすするおあさを見て、

「そのようなこと、頼んだ覚えはない」

次郎は面白くなさげに言い、箸を投げ置くと、腰を上げた。

そこへ、照介がひょっこり帰ってきた。

険悪な家の様子に、

「どうした？　みんな怖い顔をして」

照介は、つとめて明るく言い、板敷きに腰かけ、立ち竦《すく》んでいる弟を見上げた。

「次郎、座ってくれ」

「なんなんだ」

「まあいいから、座れ」

照介は、次郎が座るのを待って板の間に上がり、おたせの前に膝を揃えた。そして、懐から三十両を出し、

「これを、借金の返済に使ってください」

次郎ではなく、おたせに渡したのは、無駄なことに使ってほしくなかったからだ。

大金を前にして驚いたおたせが、

「どうしたのです。このお金は」

悪いことをしたのではないかと、問い詰めるように訊く。

三日も帰らなかったことで、盗みでも働いたのではないかと疑われて、照介は苦笑いをした。

「安心してください。いい金になる仕事を見つけてきたんです。明日の朝迎えが来ますので、江戸を発ちます。この金は、言わば、手付金ですよ」

長年、老舗の明光堂のおかみとして働いてきたおたせだ。倅の嘘など、通用するものではない。

「照介、このような大金を出してくれるような仕事は、よほどのことです。正直におっしゃい。何をするつもりです」

久々に恐ろしい母の顔を見て、照介は、月代《さかやき》に手を当てて、困ったといった顔をした。

「照介！」

「はい」

誤魔化せねぇか——。

そう思った照介は、観念した。

「北の島にある金山《かなやま》です。そこで、人足《にんそく》を」

おたせは目を見開き、絶句した。次郎は目を伏せ、おあさは、あかねを連れて奥の部屋へ行った。

嫁と孫の背中を見送り、おたせが膝を進める。

「母が何も知らないとでも思っているのですか。北の島にある金山といえば、罪人が連れていかれ、死ぬまで働かせられる場所ですよ」

「それは一部です。ほとんどは、まっとうな人間が、高い給金を貰って働いています。それに、年季は五年ですから、心配いりませんよ」

「あんた、ばかか」

次郎がきつい口調で言う。

「高い給金を出すのは、危ない仕事だからだ。金山は死人が大勢出ることで有名なんだぞ。そんなところに入ったら最後、五年も生きられるものか」

「そいつは噂にすぎねぇ。おれは、金山でひと稼ぎして戻った奴を、大勢知っている。だから行くんだ」

まっかな、嘘である——。

水茶屋で遊びながら考えた言葉を、照介は言っているのだ。

「おれは、金山で金を稼いで、上方で商売をするつもりだ。だから、ここには二度と戻ってこない。ですから母さま、この金は、最後の親孝行ということで、受け取っておくんなさい」

小判を母に握らせると、照介は次郎に顔を向けた。

「残りの二十両は、お前の力で返せよ、次郎」

次郎は目をそらし、黙っている。

「照介、このお金は受け取れません。すぐ返してきなさい」

おたせが、お前が行かないなら、わたしが返しに行くと言って立ち上がるのを、次郎が止めた。

「いいじゃないですか。兄さんは、長男のくせに家を出て、今まで放蕩三昧してきたんだ。わたしと、母さまの苦労を思えば、安い金だ」

「次郎！」

　おたせが怒るのを、照介が宥《なだ》めた。

「次郎の言うとおりですよ、母さま。おれに、親孝行をさせてください。でなきゃ、帰ってきても、遠慮なく上方で商売ができませんよ」

「照介……」

　照介の覚悟に気付いたおたせは、必死に引き留めた。だが、照介の気持ちは変わらなかった。

「きっと、生きて戻ります。それだけは、約束しますから」

　顔を覆い、震えるおたせの肩を抱いた照介は、分かってくれと頼み、ようやく納得してもらった。

　そして、顔をそむけて、黙りこくっている次郎に告げた。

「金山に行く前に、したいことがある」

「なんだ」

　次郎が素っ気なく応じる。

「蠟燭を、作らせてくれないか」

「えっ！」

　驚いた次郎が、ようやく目を合わせたのに、照介が微笑む。

「不思議なものでな、蠟の匂いを嗅いだら、久々に作ってみたくなったんだ。いいだろう」

次郎が困った顔をした。

「急に言われても、木蠟《もくろう》がない」

「大丈夫だ。ひとっ走り、分けてもらいに行ってくる」

「どこへ行く気だ」

「決まってらぁ。薩摩《さつま》屋よ」

薩摩屋とは、薩摩で取れる櫨《はぜ》の実から絞った木蠟を扱う問屋である。質が良いので、先々代から仕入れていた店だ。

ところが、次郎が良い顔をしない。

「やめておけ、追い返されるだけだ」

「ああ？　まさか、あそこにも、つけが溜まっているのか」

「そうではない。うちの職人を引き取って、蠟燭作りをはじめたんだ。それ以来、譲ってくれない」

「商売敵《がたき》ってわけか」

「あっちは元々大店だ。今じゃ、相手にもされないよ」

「ふぅん」

おもしれぇ――。

照介は、どんなものを作っているのか見たくなり、次郎が止めるのも聞かずに出かけた。


薩摩屋は、鹿児島藩の上屋敷を堀の対岸に臨む山城河岸《やましろがし》にある。上野からは少し遠いが、照介は駕籠を使わず、軽い足取りで向かった。

昼前には店に着き、なんの躊躇いもなく暖簾をくぐり、中に入った。

店は大繁盛で、仕入れ客や、武家、寺社の者たちが蠟燭を求めている。

昔は、うちもこうだったなぁ――。

今思い返せば、父の蠟燭は人気だったのだ。

照介が入り口に立って店の様子を見ていると、手代が近づき、頭を下げた。

「いらっしゃいませ。どのような品をお探しですか」

照介は、手をひらひらとやり、

「蠟燭じゃねぇんだ。木蠟を売ってもらいにきた」

にこりとすると、手代が、覗き込むように言う。

「木蠟、でございますか」

「ああ、ひと塊《かたまり》おくれ」

「ひと塊……」

復唱して、探るような顔をする。

「ご自分で、蠟燭をお作りになられるのですか」

「ああ、そのほうが安くつくからな」

「失礼ですが、手前どもの蠟燭は、お安くしてございます。ご自分でお作りになられる手間を思うと、お買いになったほうがお安いかと。これなんか、いかがでございましょう」

七匁の蠟燭を勧めるので、手にしてみる。

「なるほど、それなりに、よくできているな」

たいしたこともなさそうに言うと、手代が憮然《ぶぜん》とした。

「では、こちらはいかが」

少し値が高いほうを持ってきたので、それも手にしてみる。が、先ほどの物と大差ない。

「ふうん」

「では、これはいかが」

むきになり、鹿児島藩御用達《ごようたし》の、最高の物を出してきた。

この程度か――。

本音はそうだが、藩御用達をけなすわけにもいかず、

「確かに品はいいが、自分で作ったほうが安い」

褒めて断ると、手代は満足そうな顔で、目を伏せぎみに頷いた。

「お客様は、蠟燭職人でございますか」

「いやいや、そんなんじゃない。金山の人足として働きに行くので、家の者に、蠟燭を作ってやろうと思っただけだ。夜に火を灯《とも》すたびに、想い出してもらおうと思ってね」

「さようでございましたか。それならそうと、初めにおっしゃってくださいよ」

手代は明るく言い、木蠟を取りに奥へ引っ込んだ。

ちょろいもんだ――。

照介は唇を舐めて、板の間に腰かけた。

隣に座っている侍がじろりと睨んだので、照介は首を伸ばして頭を下げ、手ぬぐいで汗を拭いた。

感じが悪い野郎だ——。

胸の中で舌を出していると、侍が大きなため息を吐くので、ちらりと目を向けた。

長く待たされているのか、苛立った様子で顔を上げて目を閉じ、膝の上に置いた手の指を忙しく上下させている。

「お客様、お待たせいたしました」

声をかけられて振り向くと、手代が木蠟を持ってきていた。

「こちらでよろしゅうございますか」

鶯《うぐいす》色の蠟の塊は、父親が使っていたものと同じだ。

照介はにやりとして、金を支払った。

「お先でございます」

照介が隣の侍に言うと、面白くなさそうな顔を向けられたが、頭を下げて店を出た。

その背中を、店の奥から出てきたあるじが見て、

「おや」

と、首を傾げた。

待たせている侍に頭を下げ、応対していた手代を手招きした。

「今出ていった人は、何を買われたんだい」

「木蠟でございます」

「木蠟を？」

驚いたあるじが、あとを追おうとしたのだが、侍が呼び止めた。

「おい、いつまで待たせるのだ」

薩摩屋のあるじは、外を気にしながらも、侍のところへ行き、詫びた。

「坂田《さかた》様、申しわけございません。薩摩屋のあるじでございます」

坂田と呼ばれた侍が頷き、懐から布包みを出した。

「この蠟燭を作った者を捜しているのだが、分からぬか」

坂田が持っている蠟燭を、あるじが覗き込む。

「うちの職人の手によるものではございませんね」

「うむ。それは、店の品を見て分かった。誰の手のものか、心当たりはあるか。方々を聞いて回ったのだが、誰に聞いても、おぬしに訊けば分かると申すのだ」

「さあ……」

「この蠟燭は、薩摩屋、おぬしのところの蠟で作られていると申す者がおるのだが、まことか」

「ちょっと、すみません」

坂田から蠟燭を預かり、じっくりと眺めた薩摩屋のあるじは、目を見張った。

「確かに、これほどの物を作れるのは、一人しかおりません。ですが……」

あるじから話を聞いた坂田は、がっくりと肩を落として薩摩屋から出た。そして、手に持った蠟燭を眺めると、困り顔で空を仰ぎ、

「亡くなっておるとは……」

口惜しげに言うと、唇を引き結んで目を閉じた。

五

竹串に和紙を巻き、その上から灯芯草《とうしんそう》を巻きつける作業からはじめた照介は、気に入った出来の物を百本ほど選ぶと、鍋の横に立てかけた。

炭火が熾《おこ》っている七厘に丸い鉄鍋を置き、鶯色の蠟を入れる。

畳二畳ほどの作業場は、父、照右衛門が四十年間も座り続けた場所で、歿《ぼっ》してからは使う者がおらず、道具類は埃をかぶっていた。

照介は、それらを磨くことからはじめ、蠟を溶かしたのは、家族が眠りに就い

たころだった。

金山に旅立つ前に、納得のいくものを残しておきたい——。生きて帰れないかもしれないと覚悟をしている照介は、蠟燭職人の倅として生まれた証《あかし》を残したくて、昔のことを想い出しながら作業をした。

溶かした蠟を作業用の鍋に移した照介は、指を浸《つ》けてみる。

この熱さだ——。

父に叩き込まれた熱を指に感じとり、灯芯草を巻いた竹串を五本ほど持つと、蠟に浸《ひた》した。

芯に蠟をじっくり染み込ませると一旦上げて、次の串を浸し、百本の下ごしらえを終えると、鍋の蠟をかき混ぜて少しだけ冷やす。

頃合のいいところで串を五本ほど摑むと、鍋の横に平たく並べて、照介は大きな息を吐いた。

目を閉じて気持ちを整えると、気合を吐き、作業にかかった。

右手で回転させながら、左手で熱い蠟を掬《すく》い、芯に絡ませていく。蠟が冷めると表面が白くなるので、その上から絡ませていく。

適度な厚みになったところで一旦冷やし、その間に別の串を取り、蠟を絡ませる。

掛けては冷やし、冷えたら掛ける。この作業を十回ほど繰り返していくと、蠟燭の形になっていくのだ。

長い時間休むことなく、百本全ての作業を終えた照介は、一本一本、入念に見つめた。

親父なら、こいつは外す——。

いくら作っても、何も言わずに溶かされたことを思い起こしている照介は、気に入らぬ物は全て外し、鍋に浸けて溶かしてしまった。

百本作って、残ったのはわずかに二十本のみ。それらはみな、納得のいく出来上がりだ。

炭火を入れた室《むろ》で温めた蠟燭に、七厘で熱した刃物を当てて先を切り、芯を出して形を整えると、完成だ。

照介は、よし、と、出来た品に納得の声を出し、左手を見た。

久々に熱い蠟に浸した手は赤くなっているが、心地のいい痛みだった。

外に出ると、日はすっかり昇り、家に入ると、母のおたせが朝餉の仕度をして待っていた。

玉子の厚焼きに、おろした大根が添えてあるのは、照介の好物だ。

照介は、皆と一緒に最後の朝餉を食べ、母の味をじっくりと堪能した。

照介が箸を置くのを待っていた次郎が、顔を合わせずに訊く。

「それで、蠟燭は出来たのか」

「おう」

明るく応じた照介が、傍《かたわ》らに置いていた木箱を差し出した。

「たったの、これだけか」

次郎はそう言うと、その場で蓋を開けて中を見るなり、目を丸くした。

綺麗に並べてある蠟燭は、色も形も美しく、品がある。

覗き見たおたせが、まあ、と声をあげ、照介を見ると、唇を震わせた。

中の一本を取り出した次郎が、おあさに渡して火をつけさせた。

灯されたあかりは、ゆるやかに立ち上がり、次第に勢いを増していく。蠟の垂れも少なく、煤《すす》も少ない蠟燭は、まさに、先代照右衛門の蠟燭に勝るとも劣らぬ出来栄え。

蠟燭のあかりを眺めていた次郎が、ふふ、ふふふ、と、笑いだした。その目には、涙が滲《にじ》んでいる。

「なるほど、親父ががっかりするはずだ」

次郎の言葉を受け、照介は頷いた。

「ああ、おれには、これが精一杯だ」

「そうじゃない。あんたは知らないだろうが、親父は、あんたが出ていった時、仕事が手に付かないほど落ち込んだんだ。何故だか分かるか」

照介が首を横に振ると、睨むように見ていた次郎が、目をそらした。

「親父は、この店を継げるのは、あんたしかいないと思っていたからだ」

「ばかなことを言うな。おれはお前と違って、一度も親父に認められたことはなかった。この蠟燭だって、親父が見れば、すぐに溶かされる」

「あんた、本当にそう思っているのか」

次郎に言われて、照介は顔を向ける。

「溶かされるのは、見込みがあるってことだ。わたしなんか、褒められるだけで、一度も手直しをされなかった」

「出来栄えが良いからに決まってら」

照介が言うと、次郎が顔をしかめる。

「三年経っても、より良い物が作れなかったからだ。母さま、兄さんにあれを見せてやってください」

おたせが頷き、仏間から桐の箱を三つ持ってくると、照介に差し出した。

「開けてごらんなさい」

母に言われて、照介は三つとも蓋を開けた。

それぞれに蠟燭が大切に入れられていたが、一見すると、三本とも同じに見える。だが、よく見ると、違っているのだ。

次郎が、一番出来の悪い物を取り、これが自分が作った物だと教え、次に、二つの箱を並べた。

「どっちが親父のか、分かるか」

訊かれて、照介は片方に手を伸ばしたものの、
おや――。

見分けがつかなかった。

「そういうことだ」

次郎が、桐の箱を裏返して見せた。

片方には父の名が書かれ、もう片方には、照介の名前が記されていた。

「これは、親父が死んでから出てきたものだ」

作った蠟燭は全部反故《ほご》にされ、溶かされたと照介は思っていたが、照右衛門は、息子が作った中でこれと思う物を、大切に残していたのだ。

次郎は、かつて照介が作った蠟燭を取り出し、今朝完成させたものと並べた。

「身体に染み込んだ技は、今でも抜けていないようだ。親父の跡を継げるのは、あんたしかいなかったんだ。わたしは、あんたに負けたくなくて、もっと店を大きくしてやることばかりを考えて、今日まで必死に働いてきた」

次郎は、崩れるように両手をつき、肩を震わせた。

「もう何も言うな、次郎」

照介は、弟の手掛けの蠟燭を手にした。

「これも、お前が思っている以上に、いい出来だ。売り物になる。だから、もう一度やり直してみろ」

「気休めはよせ」

「嘘じゃない。これなら、残りの借金なんざ、すぐに返せる」

「何も知らないくせに、うるさいんだよ！」

次郎は怒りにまかせて、照介が作った蠟燭を、箱ごと三和土《たたき》に投げつけた。

「わたしは、親父が死んだ日から蠟燭を作り、店に並べたんだ。でも、いくら頑張っても、客の目は誤魔化せなかった。いつもと違う、これじゃ駄目だと言われて、次第に売れなくなったんだ。その辛さが、あんたに分かるか！」

おたせから聞いていたことを思い出し、照介は、しまった、と、顔をしかめる。店を盛り返してほしいばかりに言ったことだが、かえって弟を傷つけてしまった。

「次郎、すまない」

素直に詫びたが、次郎は返答をせず、背を向けている。

「おう、照介、迎えに来たぜ」

店の外から声がして、熊谷組の佐治が入ってくると、おあさが板の間に行き、両手をついた。

「もう少しだけ、待っていただけませんか」

佐治が顔をしかめて、照介に目筋を向けた。

「江戸を発つのは今夜の丑三つ時だ。その前に、あっちでの暮らしのことで親分が話しておきたいことがあるそうだが、昼過ぎまでなら、待ってやるぜ」

「いや、もう別れは済ませた。今から行くよ」

照介は、背を向けたままの弟に、母さまを頼むと言って頭を下げ、自分が使っていた部屋に戻ると、仕度を済ませていた荷物を持って出た。

悲しい顔をするおたせとおあさに、照介は、世話になりましたと頭を下げた。

おあさの横で、目を赤くして見送るあかねの頭を撫でて、

「達者で暮らせよ」

笑みで言うと、背中を向けて、佐治と共に家を出た。

その背中を追って来た次郎が、顔をくしゃくしゃにして、

「生きて帰らなかったら、承知しないからな!」

大声で言い、両膝をついてうな垂れた。地べたの土を握りしめて呻《うめ》き、借金をつくった己の不甲斐なさを憎むように、地面に投げつけたのだが、どうすることもできなかった。

一度も振り向かずに辻を曲がっていく照介を見送ると、おたせは背中を丸めて、店の中に入った。

次郎たちが、気を落とすおたせを案じて中に入ると、おたせは、落ちている蠟燭を拾い集めていた。

「わたしがやるよ」

次郎が、兄の残した蠟燭を拾い、握りしめて額に当て、辛そうにする。

一人の侍が暖簾をくぐったのは、その時だった。

「ごめん」

声をかけられて、次郎が慌てて立ち上がり、

「いらっしゃいませ」

頭を下げて、奥へ誘った。

うむ、と頷いた侍が、三和土に転がっている蠟燭を踏みそうになり、目筋を下げた。そして、拾い上げると、じっと見つめている。

「店のあるじを頼む」

そう言われて、次郎が自分だと名乗ると、侍は、手にしていた蠟燭を差し出した。

「この蠟燭を作ったのは、そなたか」

「いえ、手前どもの兄でございます」

次郎が腰を折って言うと、侍が問う。

「亡くなられたという、照右衛門殿ではないのか」

「いえ、照右衛門は父でございます」

すると、侍がいきなり、両肩を摑んできた。

「な、なにをなさいます」

「頼む、兄者と会わせてくれ」

「ええ？」

「このとおりだ。頼む」

切羽詰まったように、侍は必死に頼んでくる。

「兄は、ここにはいません」

次郎が教えると、侍は顔をしかめた。

「何処におるのだ」

次郎は躊躇い、おたせに顔を向けた。

その目筋に合わせて侍が見ると、おたせは板の間に膝を揃えて座り、恥ずかしながら、と、ことわりを入れておき、借金を払うために今夜には北の島の金山に行ってしまうことを教えた。

「今ごろは、熊谷組の親分さんのところに……」

すると、

「では、まだ間に合うな」

そう言った侍は、次郎の腕を摑み、

「兄者のところへ、連れていってくれ」

拒む暇もなく、次郎を外へ連れ出した。


熊谷組に到着した照介は、平蔵親分から酒に誘われ、座敷に上がっていた。

「向こうに行ったら、何はともあれ、一番に身体のことを心配しろ。給金の前借りをしているお前さんは、酒も呑めねぇからよ。冬は、厳しいぞ」

「この味を、しっかり覚えていきます」

照介は、満たされた盃を押し頂くようにして、酒を呑み干した。

盃を返そうとすると、

「まあやれ」

平蔵が酒を注いだ。そして、つくづく残念だと言って、ため息を吐く。

「帰ってきたかと思えば、よりにもよって金山へ行くはめになるとはな。照右衛門も成仏《じようぶつ》できねぇぞ」

「親分さん。親父を、ご存じなので?」

「なんだ、おめえ知らなかったのか。うちの高張提灯《たかはりぢようちん》はな、先代からずっと、明光堂の蠟燭を使っていたんだぜ。特に照右衛門の蠟燭は明るかったからよう、火事場に出張《でば》った時にゃ、よく目立った」

懐かしそうに言う平蔵は、じろりと、照介を睨んだ。

「おめえが道を外れてここへ出入りをはじめた時に、照右衛門は、倅を頼むと言って、頭を下げに来たことがある。あの時は、おめえが家に戻ると信じていたぜ。おれもそう思っていたからよ、任せておけと言ったんだ。それが、十年も旅に出やがって」

照介は何も言えず、うな垂れた。

「親分」

声をかけた佐治が、懐から蠟燭を出して渡した。佐治は、次郎がぶちまけた蠟燭を拾っていたのだ。

「照介が作ったそうです」

「ふぅん」

蠟燭を見た平蔵が、顔を上げた。

「照介！」

平蔵の大声に、照介は目を見張った。

「てめぇ、死ぬんじゃねぇぞ！　何があっても、必ず生きて戻れ！」

「はい」

「呑め。もっと呑め」

酒を注がれて、照介は一気に呑み干した。

表が騒がしくなったのは、盃を返そうとした時だ。

表に出た佐治が戻ると、平蔵に言う。

「親分、明光堂の次郎が、妙な侍を連れてきやした。照介に会わせろと言っておりやす」

平蔵が照介を睨む。

「どういうことだ」

「さ、さあ」

照介が首を傾げると、平蔵が盃を置き、佐治に命じた。

「侍を追い返すわけにもいくめぇ。お通ししろ」

「へい」

程なく、次郎と侍が座敷に上がってきた。

「貴方様は」

照介が言うと、侍も憶えていたらしく、おお、と言って、笑みを浮かべた。

二人は昨日、薩摩屋で顔を合わせていたのだ。

平蔵に促されて、膝を揃えて座った侍は、

「拙者、伊予松山《いよまつやま》越智藩《おちはん》藩士、坂田と申す」

と、照介に名乗ると、懐から蠟燭を出して見せた。

「昨日薩摩屋に参ったのは、これを作られた方を捜しておったからだ。そなたの父、照右衛門の作と聞いたが、間違いないな」

蠟燭を確かめた照介が、間違いないと言うと、坂田は、明光堂で拾った照介の蠟燭を並べてみせ、いきなり頭を下げるではないか。

驚いた照介が、何ごとかと訊くと、

「藩のために、そなたの力を貸していただきたい」

是非とも頼む、と言われ、照介は、何をすればいいのか訊いた。

坂田は、目を輝かせて言う。

それによると、越智藩は、立藩《りっぱん》間もない小藩ゆえ、国許で櫨《はぜ》の木を栽培し、実から採れる木蠟《もくろう》で藩の財政を補おうとしていた。それに加え、国許でも上質の蠟燭を作り、江戸や大坂で売ろうとしており、この計画を成功させるには、優れた蠟燭職人を大勢育てる必要がある。

江戸藩邸で用人《ようにん》を務めている坂田は、藩主直々の命を受けて、優れた技を持った蠟燭職人を探していたのだ。

　事情を縷々述べた坂田は、肩を落とし、げっそりとした様子で言う。

「江戸中を駆けずり回り、優れた職人を探したのだが、腕が良い者は皆、高い給金で大店が抱え込んでおり、伊予まで行ってやろうと申す者がおらんのだ」

「伊予に、行くのですか」

　照介が訊くと、坂田が膝を進め、照右衛門の蠟燭を見せた。

「探しあぐねていた時に、この蠟燭を作る職人を捜し出せと、殿がおっしゃられた。参勤交代の折に江戸の商人から贈られたもので、とても優れているから、と。じゃが、薩摩屋から照右衛門殿は亡くなったと聞いて諦めていたのだが、わらにもすがる思いで、他に作れる者がおらぬか訊くために店を訪れたのだ。拙者とそなたが出会えたのは、きっと、お父上のおぼしめし。どうじゃ、伊予に行き、その腕を存分に振るってみぬか」

「しかし、金山に行くことが決まっています」

「事情は聞いておる。伊予に行ってくれるなら、支度金を五十両出す」

「借金を、肩代わりしてくださると」

照介より先に口を開いたのは、平蔵だ。

「うむ。それで異存はあるまいな」

「金山行きの前金として渡した三十両を返していただければ、それで結構でござんす」

「親分、そいつはだめだ。金山に行く約束を違《たが》えることになれば、親分の顔に泥を塗ることになる」

照介が言うと、平蔵が睨んだ。

「ばか野郎。こんないい話を断らせたんじゃ、熊谷組の平蔵の名が廃《すた》るってもんよ。坂田様、こいつは優しすぎるのが玉にきずですが、よろしく頼みます」

坂田が頷き、照介に顔を向けた。

「藩の力になってくれるなら、国許で作る蠟燭の江戸での販売は、全て明光堂に任せるように、殿に言上《ごんじょう》する。そなたが作る蠟燭を売れば、店も盛り返すであろう。そう思わぬか」

力説した坂田が、必ずそうさせる、と約束した。

そうなれば、店は越智藩御用達の看板を揚げられる。良い品を売れば、離れている客も、きっと戻るはずだ。

店も安泰だ——。

照介は、次郎と顔を見合わせて頷き、二人揃って、両手をついた。

この話が正式に藩主に認められたのは、それから十日後のことである。

「今度こそ、今生《こんじょう》のお別れだ。親父に負けない、日本一の蠟燭を送るから、楽しみに待っていてくれよ」

照介は、見送りに出た家族に笑みで言い、空を見上げる。

親父、見ていてくれよ——。

心で呟き、晴れ晴れと、伊予に旅立っていった。

第三譚　妙な客

一

天保《てんぽう》八年（一八三七）――。

江戸橋の北詰にある本船町《ほんふねちょう》には、打物《うちもの》屋を営む、三吉《みきち》という壮年の男が暮らしていた。

包丁を売る三吉の店は、魚河岸に近いということもあり、刀のように長い物から、小魚をさばく短い物まで、さまざまな刃物を扱っている。

品ぞろえが豊富なだけでなく、切れ味が良いことが評判で、魚河岸の職人はもちろん、料亭で腕をふるう板前たちが出入りし、新しい包丁を買うだけでなく、腕の良い研《と》ぎ職人でもある三吉に、包丁の手入れを頼みに来る。

三吉の店は、そういう店だったのだが、この日は、妙な客が来た。

それにしても、今日は珍しく暇だなぁ――。

昼さがりに小さな店の結界に座っている三吉は、書きくさしの大福帳に肘をついて、店の前を行き交う人を眺めていた。

江戸のもみじは、葉がすっかり紅くなっているだけに、道行く人は単《ひとえ》に羽織を重ねて、こころなしか背を丸めている。

研ぐ包丁もないし、することがない。客が来ないかなぁ――。

首を長くして待っても店に立ち寄る者がいないので、大福帳の書き物をしようと筆を舐めた三吉であるが、背中に背負うように置いている火鉢の温もりが心地よく、大あくびをした。

舐めた筆の墨で黒くなった舌が見えるほどの大あくびをして、涙が滲む目をこすり、書き物をはじめた。

気乗りしない作業が手に付くはずもなく、すぐに目が開かなくなり、筆を持ったままうたた寝をはじめたかと思えば、いびきをかきはじめた。

こっくりと首が落ちた拍子に目を開け、

「いけねぇ」

眠っちまった、と独りごち、筆の墨が大福帳に染みているのを見てぎょっとする。

「やっちまった。真っ黒だよ、まったくもう」

今朝の商売で出刃包丁を新調してくれた魚河岸の職人の名を思い出し、別の所に書き直した三吉は、名前の下に、代金を書き入れた。

ええっと、次は誰だったか、などと言って首を傾げた三吉は、ふと、表に気配を感じて顔を上げた。

客だと思い、明るく声をかけようとしたのだが、どうも様子がおかしい。

紺色の着物を着た奉公人らしき若い男は、表に出している品の前に立ち、呆然とした様子で、一点を見つめているのだ。

目筋を落としている所には、新品の出刃包丁が並べられている。

先の鋭い包丁を見つめる男の顔は青白く、目力《めぢから》がまったくない。

こいつは、怪しい――。

三吉は、ぴぃんときた。というのも、一年前の今ごろ、同じような目つきをした客に包丁を売ったのだが、日本橋の橋のてっぺんで喉を突こうとして大騒ぎになったことがあったのだ。

好いた女にふられた腹いせに死のうとしたところを、通りかかった番屋の者に止められて失敗したのだが、包丁を売ったほうとしては、いい迷惑だし、気分も良くない。

悲壮感に満ちた目をしている客を見て、去年のことを思い出した三吉は、すぐさま結界から出て声かけした。

「いらっしゃいまし。包丁をお探しですか」

男は、三吉を見もせず、返事もしないで包丁に手を伸ばし、尖《とが》った包丁の先を触った。

三吉は、男が口の中でぼそりと言った言葉が聞き取れず、訊き返す。

「ええ？　なんですって？　お客さん」

すると、男は刃先を見つめたまま、

「痛いだろうなぁ」

震える声で言い、恨めしそうな目を三吉に向けてきた。

こいつはいけねぇ――。

引きつった笑みを浮かべると、客の男は、包丁を顔に近づけていく。

「お客さん！　待った！」

三吉は、大声をあげて尻を浮かせた。

すると客は、不服そうな顔で、包丁越しに三吉を見てきた。

「これを、売らないっていうのかい」

言った頬が、ぴくぴくしている。

駄目だ、本気で死ぬつもりだ――。

どうしようか考えた三吉は、良いことを思いつき、手をぱんと打った。

「どうですお客さん、包丁を買う前に、一杯付き合ってくださいませんか」

「どうして、わたしが……」

訝《いぶか》しそうな顔をする客の手を引っ張り、

「まああ、そうおっしゃらずに」

板の間に上げて座らせ、火鉢を横に置く。

黙って俯いている客に湯呑を差し出して、徳利の酒を注ごうとすると、

「冷たいのは、駄目です」

腹具合を気にするので、三吉は手を止めた。

死ぬるって時に腹具合を気にするなんざ、まるで石田三成《いしだみつなり》だ――。

大昔に起きた天下分け目の関ヶ原の大戦で敗れた大将が、京の都のどこそこの河原で処刑される前に柿を出された際、腹をこわすと言って断ったという逸話を、三吉は思い出した。

妙な人だなぁ――。

そう思いつつ、それじゃ、と言って、酒を熱燗《あつかん》用の二合徳利に注いで、湯が沸いている鉄瓶に浸けた。

「すぐ温まりますから、待っておくんなさい」

客は頷き、目筋を徳利に向けている。

三吉が、それとなく客の素性を訊くと、瀬戸物町《せともものちょう》の備前《びぜん》屋で奉公していて、名は、

「よすけ、でございます。四に助と書きますので、旦那様には、しにすけ、と呼ばれています」

「縁起でもねぇ」

三吉が言うと、四助が寂しげな笑みを浮かべた。

「わたしは、旦那様に嫌われているのです。今日だって、わたしのことを知っていて、酷いことを……」

「何を、言われたんだい」

訊いたが、四助は首を横に振り、鼻をすする。

「仕方がないんです。旦那様には、逆らえません」

「言いたくなけりゃ訊かないが、嫌なことは、酒で流しちまいなよ」

先回りをして言うと、四助は再び恨めしげな目を向けて、首を伸ばしてうな垂れた。

「お、ちょうどいいあんばいだ。ささ」

湯呑に熱燗《あつかん》を注いでやり、

「富士見酒だ。やってくれ」

「良い名ですね。珍しいお酒なのですか」

「なんだい。富士見酒を知らないのかい」

「安いお酒しか呑んだことがございませんもので」

「そうかい。富士見酒というのは、上方の酒が船で江戸へ運ばれる時に富士山を拝みながらくるから、富士見酒と言われているんだ。まあ、下《くだ》り酒ってことさ」

「では、上等なお酒でございますね」

「杉の香りが良いから、呑んでみなよ」

ぐっといけ、と、手を添えるように促した。

「はあ、では」

いただきます、と言って、四助は酒を一息に干し、旨いとも不味いとも言わず、湯呑を持った手を膝の上に置いて、ため息を吐く。

辛気臭《しんきくさ》いなぁ——。

と言いたいのをぐっと堪えて、

「いい呑みっぷりだ。ささ、もう一杯、やりなよ」

三吉が注いでやると、四助は、手の中の湯呑をじっと見つめて、嫌なことを呑み込むように、目を閉じて一気に干した。

「酒が好きなんだな」

「はい」

「ささ、もう一杯」

このまま酔い潰して、店に送ってやろう——。

それがいいと決めた三吉は、立て続けに酌をしてやった。

五杯目を呑み終えた頃になると、四助は目が据わってきて、顔にも血の気が戻り、調子も出てきたようで、

「これは、旨いお酒でございますね」

自ら湯呑を差し出す。

こうなれば、こっちのものだ——。

ひとつ命を救った気になり、三吉は嬉しくなって酒を呑んだ。

「うははは、楽しい気分だ」

さして楽しくもないのに、場を盛り上げようとしたのが仇《あだ》になった。

急に真顔になった四助が、湯呑を持つ手を膝に置き、

「何が、楽しいのでございますか」

「いや……」

三吉が口籠もり目筋を外すと、四助は湯呑に目筋を落とし、

「酒宴さえなければ、このたびのようなことにはならなかっただろうに」

つくづく懲りたように言い、悲しげな顔で呟いた。

ははぁん、酒で失敗したな――。

三吉はそう察して勘繰り、死ぬ覚悟を決めた理由を知りたくなった。

「ところで、四助さん。お前さんさっき、包丁を持って、痛いだろうなぁ、と言いなすったが、どうして包丁を使う気になったんだい」

顔を覗くように訊くと、四助が不思議そうな顔を上げた。

「そりゃ、包丁を使うしかないでしょう。他に、どのような方法《て》があるというのです」

「どんな方法って、あたしに訊かれてもね」

三吉は言葉に窮し、酒を舐めて黙考《もっこう》した。

四助は、やりきれない、という顔で酒をがぶ呑みして、手酌をしている。

その横顔を見て、三吉は首を傾げた。

方法ねぇ――。

包丁を使われずに済む方法といえば、

「そりゃまあ、いろいろあるだろうよ。例えば、首をくるとか」

言った途端に、四助が蒼白になり、湯呑を置いて俯いた。

「惨《むご》い……」

ぼそりと言い、三吉を恨めしげに見てくる。

やっぱり、死ぬ気だ。どうしたら止められるか――。

考えた三吉は、首を擦《さす》りながら言った。

「まあ確かに、苦しくて、死んでも死にきれないだろうな」

「そ、それは、駄目です。他には、どんな方法がありますか？」

訊かれて、正直な三吉はつい答えてしまう。

「大川に、飛び込むとか？」

「それじゃ、人目につきますし、川に落ちたら、どこに行ったか分からなくなる」

「確かに、ひっきりなしに舟が行き交う大川では、大騒ぎになるな」

顎をつまんで言う三吉は、いつの間にか、死ぬ方法を真面目に考えている自分に気付き、頭を振った。

「やっぱり、包丁が一番だと思います。旦那様にも、喉を切るのが一番いい方法だと言われたことだし」

四助の言葉に、三吉はぎょっとした。

「あるじがそう言ったのかい」

「はい」

冗談じゃない。大事な包丁を、そんなことに使われてたまるか——。

怒鳴りたい気持ちをぐっと堪えて、笑みを浮かべる。

「悪いことばかり考えちゃ駄目だ。ささ、呑んで、呑んで」

四助は、酒を呑みかけて止め、ため息を吐いた。

「そうは言っても、旦那様から言われたのですから、止めることはできません」

三吉は、腹が立った。

「酷いことを言うあるじだ」

「そう思われますか」

「思うとも、首を切れだなんて」

「あたしも悔しいですよ。長年、店の者たちのために生きてきたのに」

「苦労したんだなぁ」

「…………」

四助は無言で、うな垂れている。

「そんな店、飛び出しちまったらどうだろうか」

「それは、無理です。飛べないものは、どうしようもございません」

なるほど、奉公に出たのは、実家に借金があるからに違いない。だとすると、店を飛び出せば親に迷惑がかかるということか——。

そう思った三吉は、悲しげにうな垂れている若者が哀れになり、目頭が熱くなった。

鼻をすると、

「ご主人は、優しい人なのですね」

驚いて顔を上げた四助が言うので、三吉は、これでは駄目だと頭を振る。

「ささ、呑んだ、呑んだ」

酒を勧めて、話題を変えた。

「何があったか知らないが、この世の中、辛いのはお客さんだけじゃない。あたしだってね、この年で独り者だ」

「はい」

「後継ぎもいない」

「はい」

「顔は不細工だし」

「そうですね」

「そうですねって……」

少しは遠慮しろと思って見ると、四助の目筋は、よそに向けられている。目筋の先に置いてあるのは、鮪《まぐろ》用の長包丁だ。

包丁といっても、刀のように長い。何を考えているのか、刃物を見つめる四助の目が、嬉々と輝いている。

「ひょっとして、あれが、鮪切《まぐろきり》というやつですか」

「あれは売り物じゃなく、大切な預かりものだ」

そうでも言わないと、売ってくれと言いかねない目つきをしている——。

三吉は、店から追い出したい気持ちになったが、追い出して川に飛び込まれても後味が悪い。

死へ向く気持ちをそらせるために、話題を変えた。

二

「へえ、お前さん、甲府《こうふ》の出かい。甲府と言えば、武田信玄《たけだしんげん》だな」

「たけだ、しんげん？」

「戦国武将のことだ。知らないのかい」

「わたしは百姓の出ですから、よく分かりません」

「あ、そう」

話の腰を折られてしまい、沈黙が漂う。

「好きな人は、いないのかい」

「武田、なんとかという殿様をですか？」

「そうじゃない。好きな女だよ」

「そんなの、いません」

また沈黙した。

こんなに沈黙が恐ろしいと思ったのは、初めてだ。やかましい魚河岸の連中でも来れば、話が絶えることはないのだが、こんな時に限って、誰も来ない。

三吉は、徳利を持って、振ってみた。頼みの酒は、もう尽きようとしている。

「しかし、お前さん、酒が強いな」

「そうでしょうか」

四助は、首を傾げた。

おおかた一升呑んでもけろりとしているように見えたが、小便に行くと言って立ち上がった時に、足がもつれて、頭から床に突っ伏した。

「おいおい、大丈夫かい」

「ええ、大丈夫、大丈夫」

三吉が手を貸そうとしたのを断り、ふらふらと外に出ていった。このまま帰るのかと思いきや、どこで用を足したのか、ぞろりと戻ってきて、三吉の前にちんまりと座り、湯呑の酒をすすった。

おとなしそうに見えるが、どうやら、酒癖は良くないようだ。

「お前さんひょっとして、酒で失敗したのか――」

そう訊くと、顔を上げた四助の目に、怒気が込められている。よけいなことを言ったと思った三吉は、慌てて違うことを訊いた。

「たまにはその、あれだ。遊んでいるのかい」

「なんの遊びでしょうか」

「そりゃお前さん、酒かこれしかないだろう」

小指を立てて見せると、

「ああ、そっちの遊びなら、それなりに」

給金を貯めて、たまには遊びに行っているようだった。

「どうだい、今夜あたり、根津《ねづ》あたりにでも行ってみるかい。いい娘がいる場所を知っているからよ」

すり寄るようにして誘ったが、

「いえ、けっこうでございます」

断った四助は、この世の終わりのような顔をして、うな垂れている。

こいつは、よっぽど辛いことがあったに違いない——。

ますます心配した三吉は、思いきって核心に迫った。

「いったい、店のあるじと何があったんだい」

「旦那様とは、何もございませんよ。わたしに、意気地《いくじ》がないだけです」

「意気地って……。そりゃ、この世に生を受けた者は、誰だって死にたくはないさ」

「やはり、そうですか、そうですよね」

「だから、悪いことは考えなさんな」

「はあ……」

じっとりとした雰囲気に、三吉は息がつまりそうになり、裏の障子を開けた。

風は冷たいが、酔った身体には心地いい。

三吉は大きく息を吸い、

「せっかく親が授けてくれた命だ。そう思いつめずに、全部吐き出しちまったらどうだい」

そう言って振り向いて、目を見開いた。

四助が、並べられている包丁の前に立っているではないか。

「おい、早まるな。そこから離れろ」

四助が顔を上げて見て、すぐに目筋を下げた。

「そろそろ、包丁を選びたいのですが」

まずい、何か言わねば――。

三吉は焦《あせ》った。焦るあまり、

「うちのじゃなく、家のでやってくれ」

つい口から出てしまい、慌てて塞いだ。

四助は、悲しげな顔を俯け、ぼそりと言う。

「家の包丁は切れ味が悪いので、やはり、新しいのがいいかと思うんです」

「主人に言われたから首を切るなんて、どうかしている」

「仕方がないんです。今はもう、働きが悪いですから」

「まだ若いじゃないか」

「知りもしないのに、気休めはよしてください」

言った四助が、包丁を握った。うつろな目で刃先を触り、でも痛そうだ、と言って目を潤ませる。

三吉が止めようとして行くと、四助がへたり込んだ。

「やっぱり、わたしにはできない」

涙声で言い、三吉を見上げた。

包丁を握り、恨めしそうな顔を向けられて、三吉は息を呑んだ。

「ご主人、ひとつ訊いてもいいですか」

「な、なんだい」

「ご主人は、包丁を扱っておられるのだから、試し切りしたことがあるでしょう」

「そりゃまあ、あるにはあるが」

魚の頭なら、しょっちゅう落としている――。

「でしたら、この包丁を買いますから、代わりにやっていただけませんか」

「なっ――」

三吉は絶句した。

「お願いします」

「ば、ばか言っちゃ駄目だ。なんでわたしが」

「お願いします。お願いします」

「できるわけないだろ、そんなこと」

「すぐ戻ってきますから、お願いします！」

「おい、待ちなさい！　待て！」

止めるのも聞かずに、四助は出ていってしまった。

「じょ、冗談じゃない。わたしに首を切れってか」

三吉は気が動転して、意味もなく周囲を見回して、着物を整えた。

「どうしたらいい。どうすれば……」

独りごちて考えているうちに、ぴんときた。

店を閉めてしまえ——。

関わるのはごめんだ——。

あの男がどうなろうが、知ったことじゃない——。

三吉は、急いで店先の品を中に入れ、外していた戸板をはめにかかったのだが、慌てるあまり、戸が溝に入らない。

やっと一枚はめて、二枚目にかかった時、

「待って、待ってちょうだい！」

背後で声をかけられて振り向くと、常連客の女が、慌てて駆け寄ってくるのが見えた。

冗談じゃない、あいつが戻ってきてしまう——。

三吉は急いで戸を閉《た》てようとしたのだが、大柄の女に背を摑まれて、戸板から引き離された。

「ちょっと、待ってってば」

三

ずかずか店に上がり込み、持っていた布包みを開いて包丁を出したのは、魚河岸にある料理屋、浜《はま》屋の女将《おかみ》だ。

大事なお客があるというのに包丁の切れが悪いらしく、急いで研いでくれという。

「用事がありますんで、今日はご勘弁を」

「そうはいかないわよ。これ、あんたのところで買った包丁なんだから、きちんと面倒みなさいよ」

切れなくなると持ってきて、こうして文句を言うのはいつものことだが、今日に限っては、ご勘弁。

「本当に、急いでいるんですよ」

「客が困っているのに、何もしないで追い返すの」

「そうではないですが」

「だったら研いでよ」

「困ったなぁ。このままだと、わたしもまずいことになるんですよ」

「あら、女でも待たしているの」

「そんない話じゃないですよ」

「怪しいわね」

言った女将が、疑いの目を向けるので、手をひらひらとやり、

「違いますってば」

三吉は、困った顔をした。

「もう、商売上手ね。仕方ない、新しいのを買うから、ちょっとだけ待ってちょうだい」

とんでもない。この女将が品を選びはじめたら、日が暮れちまう――。

慌てた三吉が、包丁を選ぼうとする女将を止めた。

「分かりました。研ぎます、研ぎますよ」

「あらそう、それじゃ、お願い」

女将は、したり顔で言い、包丁を渡した。

騙された気分がするのは気のせいだろうか――。

不服そうな顔をした三吉は、女将と一緒に店の奥にある仕事場に入ると、砥石《といし》

に水をかけ、包丁にも水を打って研ぎはじめる。急がねば、あいつが戻ってきてしまうと思い、手を速めた。

手を振り腰を振り、勢いよく擦《こす》るものだから、粗末な造りの店ががたがたと震える。

通りかかった顔見知りの男が、店の戸ががたがたと揺れているのに気付いて足を止め、半分閉《た》てられた戸の間から中の様子をうかがい、おっ、と声をあげた。三和土《たたき》に揃えられた女将の紅い鼻緒の下駄を見て、女とねんごろになっていると、勘違いをしたようだ。

「ははぁ、昼間っから戸を閉めていると思ったら、激しいね」

嬉しそうな、悔しそうな声が聞こえた三吉であるが、飛び出して否定をする暇はない。

素早く研ぎ終えて、刃の具合を確かめると、

「これで、今日のところはご勘弁を」

女将に渡す。

「なんだか、荒っぽいわね」

不服そうに言いながら刃を調べた女将だったが、

「まあ、いいわ」

時間もないからと、腰を上げてくれた。

また頼むわね、と言って店を出る女将を腰送りしていると、また客が来た。

「ごめんよ」

ねじり鉢巻をした男は、これまた常連の、魚屋の若旦那だ。

「三吉さん、こいつを見てくれ。うっかり落として、欠けちまった」

見せられた出刃包丁の先が、少しだけ欠けている。

「これがねえと駄目なんだ。すまねぇが――」

「今日はもう、仕舞《しまい》です」

三吉が突き離すと、若旦那が眉間に皺を寄せた。

「なんだい、急ぎの用かい」

「ええ、すみませんね」

「しょうがねぇな。と言いたいところだが、こちとら、御旗本の旦那に頼まれてよ、遅れたら、首が飛んじまう」

「大げさな」

「大げさなもんか。今日は若様の祝言《しゅうげん》だ。刻限までに鯛《たい》の刺身を届けなきゃ、ばっさり斬られちまう。お前さん、それでもいいってのかい」

威勢よく詰め寄られた三吉は、顔をしかめて背中を反らした。

「分かりました、分かりましたよ」

出刃包丁を受け取り、睨むように見たものの、

「こいつは駄目だ。直りませんよ」

あっさり言って返そうとすると、若旦那が押し返した。

「騙そうったって、そうはいかねえ。あんたの腕なら、直せるはずだ。この前なんざ、これより酷かっただろう」

言うとおりである。この若旦那は、しょっちゅう落として先を欠かせては、直せと頼んでくるのだ。

暇なときは、儲けになることだし、喜んで引き受けるのだが、今日は、ぐずぐずしている場合ではない。

とはいうものの、断れば若旦那の首が危ない——。

三吉は、ため息を吐いた。

「これを持っていってください。同じ物ですから」

泣く泣く新品の出刃包丁を渡すと、若旦那は目を輝かせた。

一本一両もする品だ。若旦那が喜ぶのは当然である。

「さ、もう閉めますから、行ってください」

追い出すようにして、

「とんだ大損だ」

吐き捨てると、自害の手伝いをさせられるよりはましだと自分に言い聞かせて、戸を閉めようとした。

「ちょっと三吉さん、お待ちなさいな」

先ほどの女将が戻ってきて、不機嫌に言いながら店に押し入ってきた。

「今度はなんですか」

三吉はそわそわして、通りを見た。四助が来ている様子はない。

「なんですかじゃないわよ。大事なこと、忘れてるじゃないの」

そう言って、懐から銭を出した。

「手間賃払うの、忘れてたわ。もう、ちゃんと言ってちょうだいよ」

「いつでもいいんですよ。それより、本当に急いでいますので」

「駄目よ。あんたも商売してるんだから、こういうことはきちんとしておかないと。おいくらかしら」

「二十文です」

「そう、じゃあ、手を出してちょうだい」

言われたとおりに手を出すと、

「ひの、ふの、みの、よ……」

女将は一文銭を一枚ずつ置きはじめた。

三吉は、じりじりしながら待っていたのだが、

「よう、浜屋の」

通りから声をかけられて振り向き、愛想をした女将が、

「あれ、どこまで数えたかしら」

などと言って笑い、訊いてくる。

外のことばかり気にしていた三吉も、数を数えていない。

「最初からね」

女将はまた、ひの、ふの、み、とやりはじめた。

三吉は目を閉じて顔をしかめ、焦りに焦っている。

「ちょっと、貧乏ゆすりするから落ちたじゃないの」

落ちて転げた一文銭を拾い、あれ、と首を傾げた。

「十五文です。間違いございません!」

今度は数を覚えていた三吉が教えると、

「はい、じゃあこれで二十文」

五枚渡された。

「はい、確かに」

銭を懐にねじ込んで、女将の肩を摑んでくるりと向きを変えさせると、背中を押して、外に出した。

「あら、そんなにあたしに触りたいの、いやねぇ」

などと言う女将に呆れ顔をして、戸を閉てようとした、その時。

「お待たせしました」

すぐ横で、四助の暗い声がするではないか。

「わわ!」

驚いた三吉は、思わず、女将を引っ張り、楯《たて》にして隠れた。

「ちょっと、なによ」

「ぐずぐずしてるから、来ちまったよ」

　おそるおそる顔を出すと、四助が表に一人で立っている。鼻の頭をまっかにして、目を潤ませているところを見ると、誰かに別れを告げてきたのだろうか。

「よろしく、お願いします」

　四助はそう言うと、頭を下げて、薄暗い店の中に入ってきた。

「それじゃ、あたしは帰るわね」

　出ようとした女将の腕にしがみつき、

「頼む、いてくれ」

「ええ、あたしは忙しいのよ」

「いいから、な、このとおり」

　渋る女将に、三吉は手を合わせた。

　人がいれば、いくらなんでもここで死ぬとは言わないだろう――。

「そういうことだから、今日は……」

　帰れと言おうとした三吉だが、四助は背を返して、売り物の出刃包丁を握ったところだった。

　妙な様子に驚いた女将が、どういうことかと訊いてきたが、答えることなどできるはずもない。

「おい、待て、包丁をこっちへ渡せ」

三吉が手を差し出すと、振り向いた四助は、ぎらりと光る出刃包丁を素直に渡してきた。

三吉がほっとしていると、四助は、背を向けて出口に行ってしゃがみ、首を伸ばして下を向いた。

「旦那様がおっしゃいますには、痛みを感じないのは、やはり首が一番だそうです。ひとおもいに、お願いします」

「…………」

声も出ない三吉が、額に大汗を浮かべて、女将をちらりと見た。

「なになに、どうしたの？」

眉間に皺を寄せて訊かれ、三吉はたまらず教えた。

「あの人は、死ぬ気だ」

「ええ！　どういうこと？」

「だから、自害の手伝いを頼まれたんだよ。首を切ってくれと、頼まれたんだ」

そう言って包丁を顔の前に上げると、女将が悲鳴をあげかけて、慌てて口を塞いだ。

「しっ。このまま逃げよう」

背を向ける四助に気付かれないように女将の手を引くと、裏から逃げようとした。

「何処へいらっしゃるのです」

背後から声をかけられ、三吉はびくりとして、身を竦《すく》めた。

女将が立ち止まって振り向くので、三吉は見るなと言って、手を引っ張った。

だが女将は手を離した。

「おい」

三吉が女将の手を摑もうとすると、女将は手を叩いて、大笑いをした。

「やだ、もう」

「ばか、笑い事じゃ――」

言って振り向いた三吉の目に飛び込んだのは、足元に置かれた鳥籠《とりかご》と、四助の腕に抱かれた、鶏だった。

「はあ！」

口をあんぐり開けた三吉に、四助が言った。

「旦那様とお客様がお待ちですので、お願いします」

雌鶏《めんどり》は四助によく懐いているらしく、腕の中でおとなしくしている。

「へぇ、可愛い鶏だな」

とんだ勘違いをしていた三吉が照れ隠しに言うと、鶏が鳴いた。

「ココ」

第四譚　盗人稼業

一

今年の夏は、文化《ぶんか》四年（一八〇七）の秋に崩落《ほうらく》した永代橋《えいたいばし》の修復も終わり、深《ふか》川《がわ》に暮らす人々にも安堵と笑みが戻っていた。

江戸市中では、十返舎一九《じっぺんしゃいっく》の滑稽本《こっけいぼん》、東海道中膝栗毛《とうかいどうちゅうひざくりげ》が相変わらずの人気ぶりで、多くの愛読者に笑顔を提供している。

そんな時代に生きる朝助《あさすけ》は、女房のおえんと一人息子の太郎《たろう》と共に、深川蛤《ふかがわはまぐり》町《ちょう》の長屋で暮らしていた。

今日も笑っていられるのは、女房のお陰だ。

おいらは、日本一の幸せ者だ。

朝助は、湯呑一杯と決めている寝酒を舐めながら、八つになった息子を寝かしつける恋女房の背中に目を細め、胸の内で手を合わせる。

いつも着物を清潔に保ってくれ、家の中には塵《ちり》一つなく、戸の桟《さん》も柱もぴかぴかに磨き上げられ、安長屋とはいえ居心地がいい。

顔は決して美人とは言えないが、狐に似た面立《おもだ》ちは朝助の好みでもあるし、心の優しさは、なにより大事なことだ。

味噌汁は絶品で、料理も旨い。

朝助にとって、もったいない女房、なのである。

そんな女房と可愛い息子を守るには、食いはぐれない稼ぎがいるわけだが、朝助が生業《なりわい》にしている髪結《かみゆ》いの仕事は、髪結床《かみゆいどこ》を構えて客を待つのではなく、得意先を廻って仕事をする廻《まわ》り髪結《がみゆ》いと呼ばれる商売の仕方で、収入は少ない。

蓄えなど持てぬ身代《しんだい》だが、稼ぎが少なくとも、笑みを絶やさぬおえんのやりくり上手のお陰で、つましくも幸せな日々を送っていた。

だが、そんな夢のような暮らしも長くは続かなかった。おえんが、突然の病《やまい》に倒れたのだ。

高い熱が続き、医者が診ても首を傾げるばかりで、出された薬も効かない。

「良い薬があるのだがね」

試しにどうかと医者に勧められたのは、庶民にはとうてい手の届かぬ、高額の薬だった。

それでも、苦しむ女房をどうにか治してやりたいと思った朝助は、育ての親が残してくれていた金のうち、いざという時のために取っておいた五両を床下から取り出し、薬を買った。

しかし、南蛮渡来の秘薬だという薬は、たった三日分しか買えず、全て飲んでも、たいして良くならなかった。

それでも、飲む前よりは随分顔色が良くなった気もするし、おえんも身体が楽だというので、もっと飲めば、きっと治る。

同じような病にかかった大店《おおだな》の御新造《ごしんぞう》が、飲み続けたら治ったと医者が言うものだから、朝助は治る病なのだと安堵した。

だが、肝心の金が用意できなければ、薬は手に入らない。そこで、朝助は得意先を廻り、仕事をさせてくれるよう頼んだ。

家族を大事にする朝助を知っている得意先の連中は、

「そりゃ、大変だなぁ」

親身になってくれる者や、

「よし、今日は代金を奮発するぜ」

見舞いだと言って、三十文の髪結い代に対し、二百文も払ってくれる者、って帰りな」

精のつく食べ物をくれる者がいて、朝助は人の情けに手を合わせた。

しかし、金を稼ぐのは簡単ではない。この日は、一日足を棒にして駆けずり回っても六百文がやっとで、薬代には遠く及ばなかった。

二日、三日と、身を粉《こ》にして働いて、ようやく一日分の薬が買えた。

だが、医者は、

「飲んだり飲まなかったりするのは、逆に良くないのだよ」

風邪がぶり返すのと同じようなことになると、渋い顔をする。

その間にも、食欲が出ないおえんは憔悴《しょうすい》していく。

「なんとかしなきゃ。どうすればいい」

顔を俯けて道を歩む朝助は、ふと、足を止めた。

「こうなったら、目黒《めぐろ》屋の旦那様に相談するしかない」

朝助が思い立った目黒屋とは、質屋としては大店で、金貸しもしている。得意先でもあることだし、病のことを話せば、きっと力になってくれるはずだ。

そう思った朝助は歩を速め、目黒屋の暖簾《のれん》をくぐった。

「そうかい、おえんさんが、病にな」

目黒屋のあるじは、頭を下げる朝助の前で、渋い顔をして腕組みをした。

「何か、質草《しちぐさ》に入れる物はないのかい」

「これしか、ございません」

そう言って差し出したのは、髪結いに使う道具だ。

目黒屋が、じろりと睨む。

「これを預けて、お前さん、明日からどうやって稼ぐ気だ」

「そ、それは……」

朝助には、この時、ある決意が芽生えていたのだが、それは人に言えるようなことではない。

口籠もる朝助を見て、目黒屋のあるじがため息を吐いた。

「悪いが、金は貸せないな。そのかわり、奉公人たちの月代《さかやき》を頼むよ」

「旦那様のは、よろしいですか」

「あたしのはこの間やったばかりじゃないか。それにね、このとおりのつるつる頭だ。刃物を滑らせるまでもないだろう」

睨むようにして笑うあるじに、朝助は閉口する。

三人で百五十文にしかならないが、そのまま帰るわけにもいかず、

「ありがとうございます」

朝助は、深々と頭を下げた。

この日も一日中駆けずり回り、必死に頭を下げて仕事をさせてもらい、稼いだ金は、見舞金を入れて千文。

「これで、何とか譲っていただけませんか、残りは、病が治ったら必ず」

朝助は有り金を全部持って医者に駆け込んだが、

「悪いが譲れないよ。うちは、掛売りをしていないのでね」

医者は、申しわけなさそうに言い、戸を閉めた。

「このままじゃ、おえんが死んじまう」

朝助は、目の前が真っ暗になり、戸の前にへたり込んだ。

薄暗い空に稲光が走り、雷鳴が轟《とどろ》いたかと思うと、大粒の雨が落ちてきた。突然の大雨に襲われ、通りにいた人々が逃げ惑っている。

雨に打たれてぬかるむ泥道を、途方にくれて呆然と歩む朝助の姿は、まるで幽鬼だ。

「こうなったら、やるしかない。やるしか」

拳を握りしめた朝助が顔を上げた。その目には、髪結いの男とは別の、怪しい光が宿っていた。

次の日の夜、太郎とおえんが眠るのを待って、朝助は家を出た。

辰巳《たつみ》芸者が奏《かな》でる三味線の音も止み、深川の町は眠りに就いている。火の用心を促す夜廻りの拍子木《ひょうしぎ》が遠くで聞こえるだけで、町は静かだ。

朝助は、長屋の裏にある堀沿いの小道を駆け、番屋に詰める町役人の目を避けながら、一色町《いしきちょう》に行った。

正面から拍子木が響き、見廻りの者が歩んでくる。

朝助は、通りに並ぶ商家と商家の間の路地にしゃがみ、見廻りの者が通り過ぎるのを待った。

そして、目黒屋の裏手に回ると、懐から細金を出して木戸の隙間に差し込み、閂《かんぬき》を外した。

その手並みは、素人《しろうと》のものではない。

実は朝助、おえんと所帯を持つ少し前まで、盗人稼業に手を染めていたのだ。

人の物を盗むというのは当然悪業だが、朝助は、なりたくてなったわけではない。

幼い時に両親を病で亡くし、身寄りもなかった朝助は、行き場を失った。大人に助けを求めれば、十歳の少年を丁稚《でっち》奉公に引き取る店の一つや二つ、あったはずだ。

しかし、住んでいた長屋の大家の人柄がいけなかった。貧しかった両親が朝助に残す金などあるはずもなく、弔いが終わると同時に、無情にも、長屋から追い出したのだ。

寒空の下、たった一人で、神社の床下に潜り込んで寝起きしていた朝助に手を差し伸べる者はおらず、三日も四日も水しか口にしていなかった。空腹に耐えながら、両国広小路《りょうごくひろこうじ》を徘徊していた時、屋台で蕎麦をすすっていた壮年の男の巾着《きんちゃく》を盗もうとして、手を摑まれた。

逃げようとする朝助の手を摑んで離さぬ男は、

「良い目をしているじゃねぇか」

抵抗する朝助を引き寄せて隣へ座らせると、

「おやじ、小僧の分も頼む」

蕎麦を注文した。

朝助が拾われたのは、小川《おがわ》の亀蔵《かめぞう》という廻り髪結いだった。

名前は可愛らしいが、この男、髪結いは表の顔で、夜ともなれば商家に忍び込んで金を奪う、盗人だった。

髪結いの仕事で出張っていく得意先に忍び込み、誰も傷つけず、銭だけをいただく。

そんな盗人だが、朝助にとっては命の恩人だ。

子がいなかった亀蔵の家に連れていかれ、女房にも可愛がられていたのだが、そのうち、亀蔵の付人として髪結いの仕事を手伝うようになり、二十歳になるまでには、盗みの技も仕込まれた。

亀蔵夫婦が忽然《こつぜん》と姿を消したのは、朝助が、髪結いとしても、盗人としても独り立ちできようかという時だった。

八度目の盗みを働いて家に帰った時、

おわかれだ。

あしをあらえ。

亀

つたない文字を綴《つづ》った紙切れと、二十両もの大金を置き、いなくなったのである。

亀蔵夫婦に何があったのか分からないが、それ以来、一度も会っていない。

今、質屋に盗みに入った朝助は、あるじが眠る寝所の下に身を潜め、亀蔵のことを想っていた。

あしをあらえ、と言われて以来、一度も人の物を盗んだことのない朝助であるが、原因不明の熱に浮かされる恋女房を助けたい一心で、悪業に手を染めようとしている。

「すまねぇ」

朝助は小声で呻《うめ》くように言い、辛《つら》そうに目を閉じた。

昔の癖というやつで、出張っていく家々のことは、頭に入っている。

目黒屋のあるじは今年六十五になる老爺で、髪を結う朝助に、

「近ごろは、小便が近くなっていかんのだよ」

夜中に何度も厠《かわや》へ立つのだと嘆いていた。

朝助が粘り強く濡れ縁の下に潜んでいると、畳を踏む足音がして、障子が開けられた。

雨戸を閉《た》てていない廊下に出ると、あるじは、あくびをしながら厠へ向かう。

朝助は、この時を待っていた。

猫のようなしなやかさで廊下に上がり、音も立てずに部屋に忍び込むと、手箱から銭を盗み取った。

小判四枚と小粒金が二枚しか入っていなかったが、他に置いてある場所を知らない朝助は、

「欲を出すと必ず捕まる」

という亀蔵の教えを守り、あるじが戻らぬうちに逃げた。

これで、薬が買える——。

路地に出た朝助は、目黒屋に向かって深々と頭を下げて詫び、闇の道を駆け去った。

翌朝、医者に薬を買いに行った朝助は、

「今日の分を、ください」

一度に買うと怪しまれるのでそう言い、なにくわぬ顔で待っていた。

すると、医者に診てもらいに来ていた中年の女たちが、目黒屋に泥棒が入ったと噂をする声が耳に入った。

聞き耳を立てていると、奉行所から同心が出張り、今も調べが続いているという。

気遣ってくれる医者から薬を受け取った朝助は、背中を丸めて、逃げるように家に駆け戻った。

「お大事にな」

「お前さん、どうしたんだい」

顔が真っ青だ、と、おえんが驚き、起きようとした。

「何でもない。急いで帰ったから、息が切れただけだ」

朝助は水瓶の水を柄杓《ひしゃく》ですくって飲むと、茶碗に水を注いで、女房の側に行った。

「薬を買ってきた。さ、飲みなよ」

「こんな高い薬、どうして買えたんです」

「方々頼んで、仕事をさせてもらったんだ」

「無理を、したんじゃないですか」

病の身で夫のことを気遣う女房に、朝助は胸が熱くなる。

「心配するな。おれはな、お前が床に臥《ふ》しているほうが、よっぽど辛い。太郎だってそうだ」

必ず治してやる。そのためには、何だってやってのける――。

朝助は、探索の手が伸びるのを恐れる自分に言い聞かせ、女房に笑みを見せると寝かせてやり、土間に目を向けた。

太郎は土間の地べたに座り込み、蟻を眺めている。

長屋の悪がきたちと走り回っていた子が、母が病に臥せてからというもの、一歩も外に出て遊ばなくなり、笑わなくなった。蟻《あり》を眺めながらも、意識は家に向いていて、母の呼吸を気にしているのだ。

医者ははっきり言わないが、どうやらおえんは風邪をこじらせて、胸を患《わずら》っているらしい。

医術の知識がない朝助親子には想像もできぬことで、治ってくれることを念じるばかりだ。

薬で胸が楽になったのか、おえんは眠りに就いた。

朝助は、太郎のために飯を炊き、慣れない手つきで飯の仕度をした。

「お父《とう》、食べないの？」

太郎が、箸を置いたまま膝を摑んでいる朝助を心配した。

母親を心配し、父親のことまで気を遣わせては可哀相だ。

はっとした朝助は、

「なんでもねぇ。さ、これも食べろ」

かぼちゃを煮たのを分けてやり、笑みを作って見せると、飯をかき込んだ。

二

「どうだ、身体の具合は」

「ええ、随分楽になった気がします」

食欲は出てきたのだから、良くなっているのは確かだ。

とは言いながらも、まだ熱が続き、咳も出る。

「あと一息だ。ゆっくり、養生してくれよ」

おえんに薬を飲ませて、朝の粥《かゆ》を片付けようとした時、表の戸を叩く者がいた。

「おう、朝助、おれだ、哲《てつ》だ」

胴間声《どうまごえ》の主は、千鳥《ちどり》の哲次郎《てつじろう》という岡っ引きだ。

「これは、親分さん」

朝助は粥の膳を置くと、戸を開けた。

唇を斜めにひん曲げて、小難しそうな顔をした哲次郎が、ずかずかと入り込み上がり框《かまち》に腰かけると、腰をひねって後ろを向いた。

「聞いたぜ、おえん、具合はどうだい」

「親分さん」

枕屏風《まくらびょうぶ》の後ろで起きようとするおえんに、

「おっといけねぇ。寝ていてくれ。おっ、思ったより顔色がいいな」

笑みで言ってから、

「朝助、こいつを頼む」

手で頭を叩き、月代を剃ってくれという。

哲次郎は朝助の客の一人で、いつもは、千鳥橋《ちどりばし》の袂《たもと》にある家に行くのだが、今日は見舞いを兼ねて、わざわざ足を運んでくれたのだ。

仕度を整えて、頭に刃物を滑らせて伸びた髪の毛を剃っていると、

「そういや、目黒屋はおめえの客だったたな」

唐突に訊かれて、朝助は刃物を滑らす手を止めた。

「はい」

冷静に答えたつもりだが、声がうまく出ず、誤魔化すために咳をした。

「どうなんだい」

「はい、わたしのお客です」

「そうかい。だったら、金を盗まれたことは聞いたか」

「いえ、昨日の昼間には伺いましたが」

「聞いていないのか」

不思議そうな声をするので、何か知っているのかと朝助は不安になり、背筋に冷たい汗が流れた。

「盗人が、入ったのですか」

探りを入れると、哲次郎は頷いた。

「盗まれた金は、目黒屋の爺さんにとっちゃ屁でもねぇ額なのだが、おれの縄張《シマ》で盗みを働くたぁ、ふてえ野郎だ。井上《いのうえ》の旦那から預かったこの十手《じって》にかけて、必ず捕まえてやる。朝助」

「へ、へい」

「気合を入れるためにも、きっちり月代を整えてくれよ」

「へい」

そうとな意気込みだ。

朝助は、恐ろしさのあまり手が震えそうになったが、
大丈夫、絶対にばれやしない――。

何度も胸の内で呟いて、気分を落ち着かせた。

月代を剃り、鬢付油《びんつけあぶら》で髷《まげ》を整え終えると、哲次郎は板間にいる太郎に声をかけ、手招きをした。

素直に歩み寄る太郎に飴玉を渡し、

「おっ母さんは、すぐ元気になる。しばらくの辛抱だぞ」

頭を撫でてやり、懐から十手を出すと、差し出した。

太郎は前から、十手を持たせてくれとせがんでいたのだ。

「ほら、持ってみな」

「いいの？」

目を輝かせる太郎に、

「いいともよ」

柄を向けてやる。

握った太郎が、

「うん。でも、おいら、岡っ引きの親分さんじゃなくて、お父のようになりたいんだ」

「重いか。それじゃ、まだまだおれの跡は継げねぇな。早く大きくなれよ」

目を丸くするのを見て、哲次郎が笑う。

「重い！」


「おお、なんだ、気が変わったのか」

「うん。早く大きくなって、お父のように、たくさんたくさんお金を稼いで、おっ母さんに楽させてやるんだ」

「そいつは頼もしいな、ええ、朝助」

良い倅で羨ましいと哲次郎が言い、朝助の肩を叩いた。

「聞いてるぜ、方々駆けずり回っているそうだな」

おえんに聞こえないように小声で言い、

「無理をするな。ここでお前まで倒れたら大ごとだ」

見舞いだと言って、小金の入った紙包みを渡された。

「親分さん、ありがとうございます」

「いいってことよ」

長屋の路地を帰っていく哲次郎に深々と頭を下げた朝助は、
親分、すまねぇ――。

盗みを働いたうしろめたさもあり、心の中で詫びて手を合わせた。

哲次郎のお陰もあって、薬を続けて飲むことができ、おえんの病は随分良くなったように思えた。

診察に来てくれた医者も、

「あと一息だ。油断せず、しっかり養生しなさい」
二、三日すれば起きられるようになると言うので、朝助は太郎を抱き寄せて、おえんの手を握って喜んだ。
だが、微笑んでいた医者は朝助を外に連れ出し、厳しい顔をする。

「いいか、ここからが肝要《かんよう》だぞ」

「どうすれば、よろしいので」

「最後まで、薬を切らせたら駄目だ。少なくとも、五日分の薬が要《い》るが、代金を用意できるか」

「五日分……」

「お前さんは、これまで大枚をはたいている。これ以上は無理か」

「本当にあと五日分で、よろしいのですね」

「わしの経験では、間違いなく治る」

はっきり言われて、朝助は安堵の息を吐いた。

「分かりました。必ず、なんとかしてみせます」

「大金だぞ。どうやって用立てる気だ」

これまでどうやって金を用意していたのかが気になるのか、探るような目を向けてくる。

「あてがありますので、大丈夫です」

「借金をするのか。だとすると、わしは気が引ける」

高い薬を買うために家族が借金をしたことを知った患者が、それを苦にして命を断つことがあるのだと教えた。

「大丈夫です。身を粉にして働けば、用意できますから」

「そうか。それならば良いが」

医者はそう言うと、踵《きびす》を返した。

弟子を連れて帰る医者の背中を見送る朝助の顔が、険しくなる。

「次が最後だ。これで、おえんが治る」

そう独りごちると、道具箱を取りに入り、目を付けている客の元へ急いだ。

真新しい永代橋の袂にある佐賀町《さがちよう》の大店、絹問屋の熊手屋与右衛門《くまでやよえもん》を訪ねた朝助は、

「毎度、髪結いでございます」

腰を折って店に入り、小僧の案内であるじの部屋に向かった。

「旦那様、朝助さんが参られました」

廊下で小僧が声をかけると、

「お入り」

部屋の奥から、あるじの眠そうな返事がくる。

小僧が手で促すのに頭を下げ、失礼しますと言って部屋に顔を出すと、与右衛門はこちらに背を向け、書院棚に向かったまま、

「おお、待っていたぞ。早いとこやっておくれ」

なにやら、嬉しげに言う。

朝助は、さりげなく手元を覗き見た。

ぎっしりと詰まった小判が見えたのだが、豪華な蒔絵《まきえ》を施された手箱の蓋をして与右衛門が振り向いたので、慌てて目筋を畳に落とし、

「今日は、よろしくお願いいたします」

両手をついて頭を下げた。

「いつものように頼む。特に今日は、月代に念を入れておくれ」

「ということは、吉原《よしわら》ですか」

「ふ、ふ、ふ。今宵は花魁《おいらん》道中なのでね。楽しみ、楽しみ」

朝助は、念入りに刃物を滑らせながら、書院棚に戻された手箱を気にしている。

この部屋は与右衛門が寝起きする部屋で、夜ともなれば、誰も近づかないはず。

やるなら、今夜しかない――。

吉原に行けば、朝まで帰らぬことを知っている朝助は心を決めた。

おえんさえ治ってくれるなら、おいらは、どうなっても――。

熊手屋の近くには、御船手組《おふなてぐみ》の長屋もあって、昼夜を問わず、大川を行き交う船を見張るために役人が働いている。

道は明るいし、人目にも付きやすいのだが、

「狙うなら、あそこだな」

教えてくれたのは、亀蔵だった。

役人がいるといっても、注意は川に向けられており、御船手組の長屋との間にも高い垣根があるので、熊手屋には目を向けることはない。

一方、熊手屋の者にしてみれば、こう思っている。

「御船手組のお陰で、安心だ」

篝火《かがりび》や提灯の明かりで店の表は常に明るく、裏の路地にしても、明るい場所を通らねば入られないので、亀蔵に言わせれば、安心しきっているというわけだ。

亀蔵は熊手屋に出入りしていなかったので盗みは働かなかったが、朝助は、腕がいいという評判のお陰で与右衛門から声をかけられ、通いはじめて三年が経っている。

まさか、朝助が盗人だったなどとは思いもしない与右衛門は、身代《しんだい》の自慢はしないが、吉原での豪遊ぶりを話して聞かせていた。

「すごいですねぇ」

「さすがでございます」

などと感心していると、機嫌が良くなり、酒手《さかて》をはずんでくれるのだ。

その酒手を出すのが、先ほどの手箱からだと決まっている。

月代と鬢《びん》を整えて、

「いかがでございましょう」

鏡を見せると、与右衛門は満足そうに頷いた。

代金を渡す時に、

「おかみさん、病なんだってね。これは、見舞いだよ」

小判一両も渡され、朝助は戸惑った。

「受け取れません」

「何を言っているんだい。お前さんにじゃなく、おえんさんにだ」

「旦那様、ご存じなので」

「あたしを誰だと思っているんだい。深川のことは、飼い猫が子を産んでも耳に入るんだよ」

「でも、これはいけません」

こんなことされたら、決心が鈍っちまう——。

朝助は拝むようにして返そうとした。

「いいから、取っておきなさい」

そう言って手を押し戻した与右衛門に、朝助は、思いきって金を貸してくれるよう頼もうとした。

「あの、お願いが――」

声をかけたその時、

「旦那様、井上様がお越しでございます」

小僧が言ってきた。

「ああ、またかい」

ため息交じりに与右衛門が言い、盗人が出たことで、町方同心の井上が持ち場の商家を回っているのだと朝助に教えた。

「そ、そうでございますか」

井上の名を聞いて、朝助は顔から血の気が引き、膝が震えた。

「さっき何か言いかけたが、なんだい」

「いえ、なんでもございません」

朝助は急いで道具を片付けると、逃げるように裏庭から出た。

その背中を見て、

「はて、どうしたんだろう」

与右衛門は、首を傾げた。

「くれぐれも、用心するようにな」

同心の井上文太夫《もんだゆう》は熊手屋の番頭に見送られて、永代橋に足を向けた。

橋の袂で、橋を渡ってゆく井上の後ろ姿に目を向けた朝助は、

「恐れるな。あと一回で、おえんを治してやれる」

自分に言い聞かせると、不安げな顔を熊手屋に転じた。

通りを行き交う人混みの中に、下っ引きを連れた哲次郎が歩んでくるのを見つけ、朝助は慌てて踵を返すと、道を横ぎって路地に入り、空樽《あきだる》の陰に身を隠して通り過ぎるのを待った。

路地の前で立ち止まった哲次郎が、

「今日もいい天気だ」

空を見上げて言い、再び歩みを進めて通り過ぎていく。

朝助は、彼らが去った後に通りに出ると、反対の方向へ歩んだ。

商家の角から歩み出た哲次郎が、去っていく朝助の背中を見て、難しそうな顔をした。

「親分、どうしたんです」

下っ引きが訊いた。

「あの野郎、おれの顔を見て逃げやがったのか？」

「誰がです？」

「いや、たぶん気のせいだ。忘れてくれ」

哲次郎はそう言ったものの、眉間に皺を寄せて険しい顔となり、押し黙ってしまった。

「おや、哲次郎親分じゃござんせんか」

声をかけられて顔を向けた哲次郎は、あからさまに嫌そうな顔をした。

口元に、人を小ばかにしたような笑みを浮かべた男は、新堀《しんぼり》の小七《こしち》といって、永代橋の対岸に居を構える岡っ引きだ。

縄張りは違えども、なにかにつけて哲次郎と張り合ってくる。

ことに、手柄をあげるためには、

「江戸市中の治安のためだ」

などと言い、平気で人の縄張りに入り込んで探索をし、罪人を捕らえる。

それだけなら見上げた人物なのだが、この小七は、その後がいけなかった。

誰それが捕まえないから、おれが捕まえてやった。あいつより、おれのほうが上手だ。などと言いふらしては、自分の手柄をひけらかし、人々の信用を得ようとする。

その目的は、江戸市中から犯罪をなくしたいという心意気ではなく、

「おれが立ち寄ると知れば、悪党は恐れて手も足も出ねぇから、安心しな」

と言って、臆面もなく人の縄張りに入り込み、大店からの袖の下をいただくことである。

今も、遊びに来ていたと言って偶然を装っているが、大店の目黒屋に盗人が入ったと知り、橋を渡ってきたに違いないのだ。

「聞きましたぜ、目黒屋に盗人が入ったそうじゃないですか。探索のほうは、進んでいるんで？」

やぶれ鼠《ねずみ》、と陰口をたたかれている小七は、鼻先をつまんで引っ張り出したような顔に出っ歯を見せて笑みを作っているが、目は抜け目なく、こちらの顔色をうかがっている。

「なんなら、お手伝いしましょうか」

「ありがたいが、間に合っているよ」

哲次郎は、あしらうように手を振ると、下っ引きを連れて探索に向かった。

楊枝《ようじ》で前歯をせせりながら、背中を睨むようにして見送る小七が、横にいる自分の下っ引きに言う。

「ありゃ、行き詰まってやがるな。先に捕まえて、手柄をいただくとするか」

「するってぇと、また袖が重くなりやすね、親分」

下っ引きが袖の下を仕舞い込むまねをして言うと、

「そういうことよ」

小七がくつくつと笑った。

三

足を棒にして客の家を廻り、今日一日の仕事を終えた朝助は、疲れた肩を叩きながら長屋に帰った。

看病と仕事と、気苦労によって疲れ果てていたが、もう一息だ、と自分を励まし、背筋を伸ばした。

真ん中にどぶ板を敷いた路地を歩んでいると、家の前に太郎がいた。しゃがんで、真っ白い猫を撫でている。

「太郎、帰ったぜ」

笑みで声をかけると、太郎が、

「あ、お父」

元気な声を出して駆け寄り、足にしがみついた。撫でられて気持ち良さそうに寝転んでいた猫は、迷惑そうな顔をして立ち上がり、尻尾を振り振り、何処へともなく立ち去っていく。

「腹がすいたか。すぐ飯にするからな。おっ母さんは、今日はどんな様子だった」

「今は眠っているよ。でも、また熱が出てる」

朝助は俯いて言う太郎の肩を抱いてやった。

「夕方になると出るからな。熱いか」

「少し」

「頭を冷やしてあげたか」

「うん」

「よし、なら大丈夫だ」

頭を摑んで揺すり、よくやったと褒めてやると、太郎は鼻の穴をふくらませて笑みを浮かべた。

夕飯のおかずは、梅干とめざしに、隣の女房がくれたわかめを具に、味噌汁をこしらえた。

おえんの味には遠く及ばない。

「ちょっと、辛《から》かったな」

味噌を入れ過ぎたが、太郎は平気だと言って食べている。

ちらり、ちらりと母を振り向き、敷布団の上で粥を食べている母が微笑みを返すと、太郎も嬉しそうな顔をして、ご飯を口一杯に頬張る。

「おいおい、そんなに急いで食べても、早く大きくなれるもんじゃないぞ」

朝助は白湯《さゆ》を入れた湯呑を渡し、おえんと顔を見合わせて笑った。

おえんが、笑った拍子に咳が出て苦しそうに胸を押さえたので、朝助が背中をさすってやり、

「無理をするな。さ、横になれ」

寝かせると、額に手を当てた。

お椀の粥はほとんど減っていない。

まだ熱があるのに、家族に心配させまいとして無理をしたに違いない。

「何処か痛いか。胸はどうだ」

「大丈夫、大丈夫」

おえんは大きな息をして、辛そうに目を閉じた。

「薬は、飲んだのか？」

訊くと、無言で首を振る。

朝助は、駄目じゃないかと言って薬の袋に手を伸ばしたが、あると思っていた薬がない。

「すまない。昨日で切れていたのだ。

すぐ買ってくると言って立ち上がろうとする朝助の手を、おえんが握った。

「少しくらい、飲まなくても大丈夫」

高価な薬をどうやって手に入れているのか不安なのか、おえんは、無理をしないでと言う。

「病人は、よけいなことを心配しないで、身体を治すことだけを考えろ。いいな」

朝助は手を離し、夜具を掛けてやると、太郎が食べ終えるのを待って出かけた。

とはいうものの、懐を探っても、今日の分を買う金はない。明日の薬は必ず手に入れなければ、病がぶり返してしまう。

「今夜、やるしかない」

焦った朝助は、決意して佐賀町に足を向けた。

夕焼けに染まる空の下、大川では、吉原を目指しているのか、猪牙舟《ちょきぶね》が川を遡《さかのぼ》り、永代橋の下を滑り抜けていく。

橋の上から川を眺めていた朝助は、船着場から熊手屋の与右衛門が猪牙舟に乗るのを見届けると、人目に付かぬ河岸の下に行き、夜を待った。

永代橋を渡る人も絶え、佐賀町の通りに酔客が増えた頃合に、朝助はようやく腰を上げた。

酔ったふりをして千鳥足で歩み、闇に溶け込むように裏路地に入った朝助は、手早く頬被りをすると、熊手屋の裏木戸の前にしゃがんだ。

器用な手業《てわざ》で木戸を開けると、身を伏せて様子をうかがう。

夏は、雨の降らない夜はほとんどの家が雨戸を閉めていないので、仕事をするには良い季節だ。

おまけに、あるじが留守をしているとなれば、見つかることはない。

吉原に入れ込む与右衛門に愛想をつかしている内儀が、与右衛門の部屋に入ることもない。

とはいえ、部屋は隣同士なので油断は禁物だ。

まずは内儀の部屋の床下に潜《ひそ》み、様子を探った。

静かだが、人の気配はある。

眠っているとみた朝助は、懐から油を入れた竹筒を出し、与右衛門の部屋の障子の前に片膝をつき、敷居の溝に流し込んだ。

油が浸み込むのを待って、少しだけ開けてみる。

軽く開くのを確認すると、そっと開けて中に忍び込み、障子を閉めた。

書院棚の下の物入れに納めてある手箱を取り出し、豪華な蒔絵の蓋を開けた朝助は、ごくり、と唾を呑んだ。

ずっしりと重い重箱ほどの大きさの手箱の中には、紙の帯を巻いた小判が敷き詰められていたからだ。

朝助は、帯掛けの小判を一つ持ってみた。十枚の小判が、ひとくくりにされている。ということは、ざっと数えて、手箱には二百両が入れられていることになる。そして手箱は、他にも三つあるのだ。

朝助は、先ほど猪牙舟に乗る与右衛門の付人が、同じような大きさの風呂敷包みを持っていたのを思い出した。

この手箱を持って吉原に行き、一晩で使いきるのだろうか。

与右衛門のお大尽《だいじん》遊びが有名なのは、これだけの大金を一晩で使うからだと、朝助は舌を巻いた。

まともな盗人ならば、迷うことなく手箱を全て奪うだろうが、朝助にその欲はない。

薬代分だけ、頂戴します――。

心の中で手を合わせ、帯を切ろうとした時、隣で内儀の声がした。

「お前さま、お帰りですか」

目を見張った朝助は、持っていた小判を懐に押し込んだ。

「お前さま？」

襖の向こうで声がして、開けられた。顔を覗かせた内儀が、障子越しの月明かりの中で白い顔を浮かばせ、部屋を見回す。

この時朝助は、手箱を抱えて、屏風の後ろに隠れて息を殺していた。

「そんなわけないわね」

そう言った内儀の声が、朝助には寂しそうに聞こえた。

「女房はね、あたしに関心がないのだよ」

与右衛門はそう言っていたが、内儀の本音は、夫に家にいてほしいのだ。

襖が閉められても、朝助はしばらく息を殺していた。緊張のあまり、額には汗が浮かび、背中はびっしょりだ。四半刻は待っただろうか、内儀が再び眠ったであろう頃合にそっと出て、手箱を書院棚に戻すと、寝所から裏庭に逃げ出た。

裏木戸から路地に出て、武家屋敷の間の道を駆けた朝助は、蠟燭が尽きた辻灯籠の裏に隠れて、息を整えた。

懐の重みにはっとなり、懐から油の入った竹筒を出して捨てると、帯が掛けられたままの十両の小判を出した。

しまった、と、目をきつく閉じる。

薬代の五両だけ拝借して、残りは置いてくるつもりだったのだが、慌てたせいで、そのまま持ってきてしまっていたのだ。

どうするか考えた朝助の頭に、

「盗人は、欲をかくと捕まる」

亀蔵の声が聞こえた。

まだあるはずだと欲を出して銭を探すと、家人に見つかって捕まる。そういう意味の教えだったが、今の朝助の頭に、

「余分な金は必要ねぇ。これは、目黒屋の旦那様に返そう」

などという気を起こさせたのである。

手箱の金を全部盗まれて、質屋のあるじはさぞ気を落としているに違いないと気に病んでいた朝助は、唸るほどの大金を持っている熊手屋ではなく、前に盗みに入った目黒屋に返そうと思い立った。

一色町は、帰り道でもある。

朝助は、小判を懐にしまうと、目黒屋に向かった。

前と同じ要領で忍び込み、あるじが厠に立つのを待って部屋に忍び込むと小判の帯を切って分けた。

利子のつもりで、五両を戻した朝助は、残りの五両を音が出ないように帯に挟み込み、部屋から転げ出ると、裏庭を駆けて木戸から外に出た。

「うまくいった」

ひとつ安堵の息を吐き、足を家に向けようとした朝助は、心の臓が止まるほど驚き、尻もちをついた。

目の前に、十手を持った男がいたのだ。

してやったりという顔をして迫るのは、朝助が知らぬ顔の岡っ引き、新堀の小七だ。

ここで捕まれば、おえんが死んでしまう——。

女房を喪う恐怖にかられた朝助は、逃げようとした。しかし、背中を向けて逃げようとした時に十手で肩を打たれた。

「ぐあぁ」

容赦のない打撃に、朝助は悲鳴をあげて倒れた。

殺されると思い後ずさりしたが、壁に当たり、逃げ場がない。

朝助を見下ろした小七は、

「神妙にしろ、盗人め」

口を曲げて勝ち誇ったような笑みで言い、縄を打った。

四

身体中に殴る蹴るの暴行を受けた朝助は、縄をかけられたまま土間に横たわり、痛みに耐えかねて呻いていた。

自身番《じしんばん》に詰めている町役人は、強引に自白させようとする小七のやりかたに顔をしかめ、哲次郎を呼びに行こうとしたのだが、

「待ちねぇ。こいつは、おれの手柄だ」

小七は血走った目を吊り上げて邪魔をするなと怒鳴り、役人たちを押さえ込んだ。

朝助は必死に、目黒屋に盗みに入ったのではない、金を返しに行っただけだと訴えた。

「夜の夜中に出てきやがって。そんな話、信じると思ってやがるのか！」

夜が明けるまでに自白を取ろうと焦る小七の暴力は激しさを増したが、
捕まるわけには、いかねぇ――。

女房子供が待つ家に帰りたい一心で、朝助は痛みに耐えぬいていた。

殴り疲れて、手を痛めた小七は、

「しぶとい野郎だ！」

今度は十手で腕を打った。

あまり痛めつけると、拷問が許されていない岡っ引きの身分の自分も咎《とが》められるので、そこは心得ているようで、胸や背中など、目だたぬところを痛めつけて

くる。

朝助は激痛に歯を食いしばり、耐えに耐えた。ついに夜が明け、町役人たちは自身番の戸を開け放つ。

狭い自身番の中で拷問をすれば、外から丸見えだ。

小七は戸を閉めろと怒鳴ったが、町役人たちは、自身番ではもともと戸は開け放しにしておくのが決まり事だと言って、開けたままにした。

そのうち、家に帰ると言って自身番を辞した町役人の一人が、哲次郎親分の家に駆け込み、朝助が捕らえられていることを報せた。

「な、なんだと！」

しかも、捕まえたのが小七だと知り、目を丸くした哲次郎は、自身番に走った。

「やい、新堀の、こいつは、どういうことだ！」

苦痛に顔をゆがめて横たわっている朝助を見て、哲次郎は小七を睨んだ。

「昨夜一色町で酒を呑んで帰る途中に、こいつが目黒屋に盗みに入るのを見たんで、怪しいと思って様子をうかがっていたんですよ。そしたら、この野郎が、おれの目の前に出てきやがったもので、とっ捕まえたというわけでござんす。哲次郎さん、おれは別に、あんたの縄張《シマ》を荒らすつもりはねぇんですよ。たまたま遊びに来ていたところで盗人を捕まえた。それだけです」

いけしゃあしゃあと言う小七を睨んだが、夜中に他人の家に忍び込んだのでは、哲次郎にかばいようはない。

「そういうことなら、仕方ねぇ」

哲次郎は、土間に横たわっている朝助を起こして揺すり、目を開けさせた。

「お、親分……」

「おめぇ、なんてことをしやがった。病気の女房と幼い坊主がいるんだぞ！」

「し、信じておくんなさい。盗みに入ったんじゃない。か、金を、返しに行ったんです」

朝助は、なんとか助かりたくて、必死に訴えた。返したことには変わりないのだから、嘘ではない。熊手屋に盗みに入ったことがばれなければ、放免されるかもしれないと、望みを捨ててはいないのだ。

「本当です、信じてください」

だが哲次郎は、朝助の言葉に首を振った。

「わざわざ夜中に金を返しに行く者がいるものか。こうなったら朝助、全部白状しな。でねぇと、大番屋に連れていかれて、もっと痛い目に遭うぞ」

小七は、薄ら笑いを浮かべて見ている。

「ほ、本当だ。嘘じゃやない」

朝助が哲次郎に言うと、

「こいつ、まだ言いやがるか」

小七が恐ろしい顔で怒鳴った。

「なんだ、随分騒がしいな」

落ち着き払った声が表からすると、哲次郎と小七が頭を下げた。

井上同心が、縄をかけられている朝助の前に立ち、どうしたのかと訊く。

哲次郎が朝助の名前と職を告げ、小七が、捕らえた経緯《いきさつ》を説明した。

黙って朝助を見下ろしながら、小七の言うことを聞いていた井上だが、朝助の目の前にしゃがむと面《おもて》を確かめ、痛そうな顔をした。

「随分痛めつけたようだな」

「そいつが逃げようとしたものですから、仕方なくやりました」

小七は、拷問をしたことを隠した。

「ふぅん」

疑いの目を向けた井上が、朝助の着物の襟を摑み、開いて見る。痣《あざ》だらけになっているのを見て舌打ちをしたが、小七を咎めはしなかった。

「で？　どっちが本当なんだ。金を盗みに入ったのか、それとも、返しに行ったのか」

「返しに、行きました」

朝助は、声を震わせて答えた。

途端に、井上同心の目が鋭くなる。

嘘を見抜こうとする目が光ったように思えて、朝助は恐ろしくなり、目をそらした。

「小七」

「へい」

「おめえ、ちゃんと確かめているんだろうな」

「何をです」

「決まっているだろう。目黒屋から金がなくなっているかどうかだ」

「そんなことをしなくても、あっしがこの目で見ておりますし、このとおり、帯に金を挟んで隠しておりました」

小判を五枚出して見せ、盗んだ金に間違いないと言った。

「朝助、この金をどこで手に入れた」

井上に訊かれて、朝助はごくりと喉を鳴らした。

「そ、それは……」

「言えぬか」

井上が睨むと、哲次郎が言った。

「この朝助は、女房の病を治すために高い薬を買っていきます。方々駆けずり回って金をかき集めていますんで、この金は、誰かに借りた金かも。そうだろう、朝助」

「へ、へい」

「嘘に決まってますよ、旦那」

小七が言うと、井上は一瞥《いちべつ》し、朝助に目筋を戻した。

「この金の出所は、目黒屋に行って調べれば分かることだ。哲次郎、小七、二人とも付いてこい」

井上は、自身番の町役人に朝助を見張らせておき、目黒屋に向かった。

縄を打たれたまま奥の板の間に押し込まれた朝助は、きつく目を閉じてうな垂れた。

目黒屋のあるじは、朝助の借金を断っている。貸した覚えがないと言えば、そこで嘘がばれる。

おしまいだ――。

朝助は、長いため息を吐き、込み上げる感情に唇を震わせた。

井上から話を聞いた目黒屋のあるじは、

「ええ？　あの朝助が？　で、ございますか」

自分の店に盗みに入って捕らえられたと知り、目を白黒させた。

「まさか、あの朝助に限って」

「長く通っていたのだから、お前さんが信じられないのも分かる。だが、ここにいる小七が確かに見ておるのだ。前と同じように金がなくなっておらぬか」

「今朝はまだ、見ておりません」

「ならば早《はよ》う、確かめてみろ」

「しょ、少々、お待ちを」

目黒屋は慌てて奥の部屋に入り、ごそごそと確かめる音をさせていたが、

「ああ！」

大声をあげるではないか。

「いかがいたした！」

井上が上がろうとしたところへ、目黒屋が戻ってきた。

「五両なくなっている。そうだろう」

小七が先回りして訊くと、目黒屋は、うっかりしていたような顔をして、額を叩いた。

「そう言えば、夕べ、貸した金を返してもらっていました」

「ほぉう」

井上が、探るような目を向ける。

「忘れていたと申すか」

「はい。たった今、思い出しました」

「ば、ばかを言っちゃいけねぇ。おれは、この目で見たんだ」

小七が言ったが、目黒屋は、確かに朝助は裏口から帰ったと言う。

先ほど大声をあげたのは、手箱の中に入れていた二両の他に、五両の小判が揃えて置いてあったからで、四両と二分ほど盗まれ、半ば諦めていた目黒屋にして

みれば、
儲けた――。

と思ったのである。

まして、病の女房と幼子を抱えた朝助が捕らえられているとなると、哀れに思えてならない目黒屋は、自分の証言ひとつで朝助が罰を受けるのは、なんとも後味が悪い気がした。

で、咄嗟《とっさ》に嘘をついたというわけだ。

白髪の眉を下げて微笑む目黒屋は、
人助けの嘘なら、閻魔《えんま》さまも許してくださりましょう――。

日頃から、そう思っているだけに、井上が眼力を働かせても、見抜けるものではない。

「間違いないのだな」

「はい。間違いございません」

「で、朝助はいくら返したのだ」

「五両でございます」

「それはまた、随分と大金だな。持っていたのを合わせると、十両になる。髪結いに持てる金じゃない」

途端に井上が険しい顔をしたので、目黒屋は、正直に言ったことを後悔した。

「誰かに、借りたのではありませんか」

目黒屋が言ったが、井上は頷かなかった。

「それならば、正直に言えば済むことだ。こいつは、まだ何か隠しているな」

「旦那、帰って身ぐるみ剝《は》がしてみやしょう。盗みの証《あかし》になる物が出るかもしれやせんぜ」

小七が言うので、井上は頷いた。

自身番に戻る井上に、哲次郎が声をかけた。

「あっしは、朝助の家を調べます」

「おう、頼む」

井上の許しを得て、哲次郎は朝助の家に向かった。

五

自身番でおとなしくしていた朝助は、戻ってきた小七に土間に引きずり出され、縛《ばく》を解かれると、身ぐるみを剝がされた。

「襟の裏まで、よく調べろ」

下っ引きに着物を投げ渡した時、隠していた細い金具が落ちた。

小七は、それには目もくれず、もう一つ土間に落ちた物を拾い、

「旦那、動かぬ証がありやしたぜ」

嬉々とした目をして、掲げて見せた。

小七が見つけたのは、束ねた小判に巻かれていた紙の帯だ。帯には、熊手屋の名前が入れられていたのであるが、朝助は、迂闊《うかつ》にも、目黒屋で帯を切った時、懐にねじ込んでいたのだ。

細い金具は、髪結いに使う道具だと言えなくもないが、名入りの帯を持っていたとなると、金の出所は言い訳できぬ。

井上に鋭い目を向けられて、

もう、おしまいだ――。

朝助は、ぶるぶると震えはじめた。

「おやおや、寒いのかい、朝助」

小七が、心中を見抜いたように言う。

朝助は何も答えなかったが、頭から流れる汗が耳の後ろや顔を伝い、身体がぐ

っしょりと濡れていた。

「着物を着せてやれ。哲次郎が戻ったら、熊手屋に確かめに行く」

井上に言われて、小七は唇を舐めた。

「ようござんす」

座敷に上がる井上を一瞥し、小七が朝助に言った。

「熊手屋から盗むとは、また大それたことをしでかしたもんだ」

熊手屋が渡す袖の下は少ない額ではないと知っているだけに、小七にとっては、哲次郎から横取りする好機である。

「十両盗んだら打ち首だ。覚悟しな」

小七に言われて、朝助は首を垂れた。

程なく戻った哲次郎は、井上から首尾を訊かれた。

「長屋からは、それらしい物は出ませんでした」

朝助は、目を見張った。

「親分、家に行ったんですか」

「ああ、調べさせてもらったぜ」

「女房は、おえんの様子はどうでしたか」

「心配するな。熱は下がったと言っていたぜ」

朝助は、よかったと言い、目を閉じた。

「朝になってもおめぇが帰らないと言って、心配していたぞ」

「女房と太郎に、このことを……」

「言えるわけねぇだろう！　具合が悪くなっちまう」

安堵する朝助を睨み、小七が言う。

「甘いな、哲次郎親分さんは」

「まだ罪人と決まったわけじゃないのに、言えるかよ」

「それが決まってしまったのですよ。動かぬ証が出ましたのでね」

「なんだと！」

「身ぐるみ剥いだら、熊手屋の名が入った小判の帯が出てきましてね。確かめに行くために、親分を待っていたんです」

怒りに歯を食いしばった哲次郎が、土間に座らされている朝助に摑みかかり、

「ばか野郎！」

頰をはたいた。

「盗んだのか、どうなんだ！」

「…………」

責められた朝助は口をつぐみ、涙を堪えた。

「太郎はな、おめぇが帰らないのを心配しながら、母の寝乱れた髪を梳《す》いていたぜ。何故だか分かるか、ええ、お父のような、立派な髪結いになるためだ。その無垢《むく》な心を、てめえは踏みにじったんだぞ！」

「わあぁぁ」

朝助はどうにも気持ちが抑えられなくなり、大声をあげて泣きわめいた。

「どうしても、薬代が欲しかった。女房を死なせたくなかったんです」

「ばか野郎！　それならそうと、なんでおれに言わなかったんだ！」

朝助は地べたに顔をつけて、砂を嚙んで呻いた。

その様子を、小七は冷徹な眼差しで見下ろしている。

苦い顔をして見ていた井上は、ひとつ息を吐いて立ち上がった。

「続きは帰ってからだ。小七、哲次郎。熊手屋に行くぞ」

刀を腰に差しながら言い、先に出ていった。

哲次郎は、鉄の塊でも引きずっているような重い足取りで歩み、あのばか野郎、あのばか野郎、と、何度も言いながら、井上に付いていった。

その様子を見て、小七はほくそ笑んでいる。頭の中はおそらく、近しい者が盗みを働いたのを見抜けなかった哲次郎の無能をどのように知らしめるか、そればかりを考えているに違いない。朝助を捕まえた小七にしてみれば、熊手屋という大店の信用を得るのだし、まさに、笑いが止まらないことなのである。

丸に熊の字を染め抜いた緑色の日除けの幕が、風を受けてなびいている。

小七は、哲次郎より先に立ち、熊手屋の日除けを分けて中に入り、応対した手代に、大仰《おおぎょう》な態度で命じた。

「お上の御用だ。あるじを呼んでくれ」

井上同心に頭を下げた手代が、急いで奥へ入り、程なく戻ってきた。

「どうぞ、お上がりください」

店の奥へ案内された井上は、表の客間に通された。

間を空けずあるじの与右衛門が次の間に座り、頭を下げて伺いを立てた。

「これはこれは井上様、ようこそおいでくださいました」

「うむ。早速だが熊手屋、そのほうに訊きたいことがある」

「何でございましょう」

「そこに控える小七が捕らえた者が、これを持っておった」

不思議そうな顔を上げた。

「熊手屋が小判を束ねる帯で、相違《そうい》ないな」

井上が訊くと、与右衛門は目を細めて帯を眺め、不思議そうな顔を上げた。

「いったい、どなたがこれを？」

「髪結いの朝助だ」

「朝助さんが……」

与右衛門は、哲次郎に顔を向けた。哲次郎は、間違いないと頷く。

「こちらの物で、相違ないな」

井上が、再度確かめた。

「はい。確かに、手前どもが使っている物でございます」

「やっぱり朝助の野郎、盗んでいやがった」

声を弾ませたのは、廊下に控える小七だ。

井上は、厳しい目を与右衛門に向けた。

「近ごろ、金を盗まれたであろう」

与右衛門は目をそらして腕組みし、

「うぅん」

と、唸《うな》る。

「いかがいたした」

井上が訊いても、黙思《もくし》したまま答えない。

その様子に小七が苛立った。

「熊手屋、金がなくなっているはずだ。金蔵を調べてみな」

「それでしたら、ご心配なく」

「まさか、盗まれておらぬと申すのか」

「はい。今朝調べましたが、金蔵の金は一文も狂いなくございました」

「まことか」

井上が訊くのに、与右衛門が頷いた。

「金勘定に厳しい番頭が、毎朝きっちり数えておりますので、間違いございません」

「しかし、おぬしの金は、金蔵のものだけではあるまい」

手箱のことを知っている井上が、並べてあるのだから一目瞭然だろうと言うと、与右衛門は、よくご存じで、と、苦笑いをして頷いた。以前、付け届けを渡す時に手箱から出した際、中を見られていたのだ。

「調べてみよ」

「はい、少々、お待ちを」

与右衛門は井上たちを待たせて、自分の部屋に行った。

書院棚の前に座った与右衛門は、昨日の昼間に朝助が何か言おうとしたのは、金を貸してくれと頼もうとしたのではないかと思い至った。

病気の女房のために方々を駆けずり回っていたことを知っていながら、助けてやれなかったことを悔やみ、大きなため息を吐いた。

物入れから手箱を取り出す。

「あってくれよ」

目を閉じて祈るようにして開けてみたが、詰められているはずの金が、欠けていた。

「水臭いじゃないか、朝助」

朝助のことを気に入っていた与右衛門は、悔しさに顔をゆがめ、膝を叩いた。

襖が開けられたのは、その時だ。

「お前さま、井上様の話を聞かせてもらいましたよ」

「盗み聞くとは、お前も人が悪い」

「井上様がいらしたのはてっきり、吉原で酔って悪さをなさったからかと思ったのです」

「ふん、そのようなこと――」

「そのお金は、どうせ吉原で無駄遣いをするお金。朝助さんに貸したと言えばいいじゃございませんか」

「今更そんなことを言っても、信じてもらえるものか」

言った与右衛門が、悔しそうに小判を摑んだ。

「いや、待てよ」

与右衛門は何か思いつき、女房に顔を上げた。

「すまないが、井上様を呼んでおくれ」

「ここへですか」

「そうだ」

女房が素直に呼びに行くと、与右衛門は手箱から小判の束を取り、一つ一つ帯を切り捨て、手箱の中に小判を投げ入れた。

六

自身番に捕らえられている朝助は、番屋の町役人が食べさせようとしてくれた握り飯に顔をそむけ、水も飲まずに、悲壮感に満ちた顔で座っていた。

考えていることは、おえんと太郎のことだけだ。

なんて馬鹿なことをしてしまったんだ――。

後悔の念に胸が苦しくなったが、すぐに、

迷惑をかけた目黒屋さんと熊手屋さんには申しわけないが、おえんが生きていてさえくれたら、おれはどうなっても――。

とも思い、覚悟を固めた。

朝助のただひとつの気がかりは、最後の詰めともいうべき薬を飲ませてやれないことだ。

病がぶり返さないでくれよ――。

きつく目を閉じて、ただただ、祈るばかりである。

一旦は閉められていた自身番の戸が、荒々しく開けられる音がした。

「朝助をこれに出せ」

命じる井上の声がした。

大番屋に連れていかれる――。

朝助は恐れおののいたが、逃げられるはずもなく、辛そうに目を閉じた。

すぐに、番屋の者が現れ、

「朝助、お呼びだ」

板間の中に入り、柱に繋いでいた縄を解いた。

両腕を後ろ手に縛られている朝助は、町役人たちに肩を叩かれ、助けを借りて立ち上がった。

「さ、歩け」

板間から出ると、土間には険しい顔をした小七がいて、恐ろしいほどに鋭い目つきをした井上がいる。

哲次郎は外で待っているのか、姿がなかった。

乱れた鬢《びん》を幽霊のように顔に垂らしたまま連れていかれると、

「ここへ座らせろ」

井上が、自分の前に敷いた莚《むしろ》を示し、脇差の鯉口《こいぐち》を切った。

「な、何をなさるおつもりで」

小七が、目を丸くして言うと、

「お前は黙っておれ」

井上が怒鳴り、朝助を睨んだ。

「早くしろ」

殺される――。

朝助はそう思った。

十両盗めば、死罪だ。

そう言っていた小七の声が頭の中に響き、足が竦んで動けなくなった。

「おい、歩け」

町役人に押され、引きずられるように連れていかれた朝助は、膝裏を蹴られて無理やり座らされた。

「お、お助けを」

「黙れ、じっとしておれ」

井上が言うなり、脇差を抜刀して切っ先を下に向けた。

「くっ」

朝助は、もう駄目だと目を閉じて息を呑んだが、井上が脇差で縄を切ったので、両手が自由になった。

朝助が驚いて目を開けると、目の前に井上がしゃがみ、睨んでいるではないか。

何があったのか分からない朝助が呆然としていると、

「命拾いしたな、朝助」

井上が言い、お目こぼしの理由を話した。

それによると、与右衛門の部屋に呼ばれた井上は、例の手箱を見せられて、

「このとおり、吉原でばらまく金は乱雑に扱っておりますもので、いちいち数えておりません。ですから、たった十両の金がなくなっていたとしても、分かりかねます。いや、なくなっていないかもしれません」

と、言われたそうだ。

井上が、朝助が持っていた帯をどう説明するのかと問うと、

「ああ、あれですか。昨日はここで、朝助さんに髪を結ってもらいましたので、何かの拍子に、紛れ込んだのでしょう。なにせこうして、散らかしていますので」

惚《とぼ》けて言う与右衛門は、台の下から、千切れた帯を拾って見せたという。

理由を教えられた朝助は、声も出ない。

「ま、そういうことで、誰も金を取られてはおらぬのだから、盗人はおらぬということだ。小七を、許してやってくれ」

言われて、朝助はようやくお咎めがないと分かり、夢中で頷いた。

「許すとよ、小七」

井上が言うと、小七が面白くなさそうに吐き捨てた。

「とんだ骨折り損だ。旦那、あっしは失礼しやす」

「おう、ご苦労さん」

小七は朝助をじろりと睨み、目をそらすと、下っ引きを連れて帰った。

朝助は、助けてくれた与右衛門に申しわけない気持ちでいっぱいになり、溢れる涙が止められない。

罪の意識から、このままではいけないと思い、涙を拭《ぬぐ》った。

「旦那、わたしは、わたしは……」

「おっと、それから先は言わなくていい。もう終わったことだ」

「旦那……」

「人の情というものは、温かいものだなぁ」

「はい……」

「だが、次は許さぬぞ、朝助」

井上が厳しい顔をしたので、朝助は、土間に両手をついて額をこすりつけて詫びた。

「申しわけございません」

「おい、あれを」

井上が言うと、町役人が持っていた物を渡した。

「朝助、顔を上げろ」

「はい」

「与右衛門から、お前に渡してくれと頼まれた」

目の前に差し出されたのは、小さな熊手だった。

「こ、これは」

「熊手屋の屋号にもなっている熊手よ。与右衛門の女房が、商売繁盛になるようにと、渡してくれたものだ。恩に報いなきゃな、朝助」

朝助は熊手を押しいただく。

「お約束します」

盗んだ金はきっと働いて返すと、心に誓った。

「旦那、戻りやした」

哲次郎が息を切らせて帰ってくると、井上が頷き、顎を振る。

へい、と応じた哲次郎が、懐から紙包みを出し朝助の手に握らせた。

それは、おえんの薬だった。

目を見張る朝助の肩を、哲次郎が優しい笑みで叩いた。

「早く帰って、飲ませてやりな」

「井上様が、買ってくださったので？」

「おれにはそこまではできない。薬は、朝助、お前が持っていた五両で買ったのだ。誰にも遠慮はいらねぇぞ」

「ありがとうございます。ありがとう……」

薬袋を握りしめて泣き崩れる朝助を、哲次郎が立たせた。

「ほら、早く帰ってやれ」

「はい、はい」

深々と頭を下げて番屋から出ようとする朝助に、哲次郎が言った。

「熊手屋が、あとで髪結いを頼むと言っていたぞ」

「えっ！」

朝助が目を見張ると、哲次郎が指先で鼻を弾き、笑顔で言う。

「熊手屋がな、女房を大事にするおめえを見倣《みなら》うそうだ。夫婦で芝居見物だとよ」

※この作品は双葉文庫のために
書き下ろされたものです。

双葉文庫

さ-38-01

あきんど百譚《ひゃくたん》

あかり

2014年9月14日　第1刷発行

【著者】
佐々木裕一《ささきゆういち》

【発行者】
赤坂了生

【発行所】
株式会社双葉社
〒162-8540 東京都新宿区東五軒町3番28号
［電話］03-5261-4818(営業)　03-5261-4833(編集)
www.futabasha.co.jp
(双葉社の書籍・コミックが買えます)

【印刷所】
慶昌堂印刷株式会社

【製本所】
株式会社ダイワビーツー

【表紙・扉絵】南伸坊
【フォーマット・デザイン】日下潤一
【フォーマットデジタル印字】飯塚隆士

ISBN978-4-575-66686-1 C0193
Printed in Japan